金閣を焼かなければならぬ

林養賢と三島由紀夫

内海健

河出書房新社

金閣を焼かなければならぬ

林養賢と三島由紀夫

◉

目次

装幀――山元伸子
カバー写真©PIXTA

金閣を焼かなければならぬ

林養賢と三島由紀夫

プロローグ　金閣焼亡

この書は、二人の男の心が織りなす物語である。

一人はその名を林養賢《はやしようけん》という。のちに金閣に火を放つこの青年は、昭和四年（一九二九年）三月十九日、京都府舞鶴市成生《なりう》に生まれた。父は道源、母は志満子《しまこ》、同胞はいない。

成生は福井県との県境近く、若狭湾に向けて三キロほど突き出した成生岬の東岸にある二十戸ほどの漁村である。そこから先、岬の突端に向かう道はない。海と背後に迫る山に挟まれた孤立した集落である。近隣の街の安岡までは、崖道伝いに約三里の行程である。安岡には小浜線の松尾寺駅がある。そこから京都に上るには、東舞鶴で舞鶴線に乗り換え、さらに綾部で山陰本線に乗り換える。亀岡を過ぎると、峨々《がが》たる岩山の間を急流が縫って走る保津峡がある。それを抜けるとようやく嵐山に至り、京都盆地が開けてくる。左手の愛宕山系が終わるあたりの山裾に金閣寺があるはずだが、車窓からは見えない。現在でも特急を使って約二時間の行程である。

成生の産業といえば、おもに漁業と養蚕であり、男は海仕事、女は養蚕に従事した。それ以外には、狭い土地に、些少の田畑が耕されていた。鰤漁《ぶりりょう》が当たった時には賑わいをみせ、小さな集落ではあるが、寒村というわけでもなかった。

父、林道源は、明治三十二年（一八九九年）に、舞鶴市安岡に、比較的裕福な家の次男坊として生まれた。病弱のため、安岡部落の菩提寺である少林寺の徒弟となり、相国寺の僧堂に入った後、早々と二十五歳で成生の西徳寺に落ち着いた。雲水生活に耐えて修行を仕上げるのが困難だったためである。昭和十七年、肺結核にて死去した（享年四十三）。

母、志満子は明治三十四年（一九〇一年）、京都府加佐郡大江（現在は福知山市）の中農の家庭に長女として生まれた。成績は良く、負けず嫌いで、勝気な性格だったといわれる。十二歳の時に母が死亡したため、弟たちの養育の他、家事全般を担うことになり、すでに高等科に進学していたが、中退を余儀なくされた。大正十四年（一九二五年）、二十四歳で道源と結婚して成生の西徳寺に入る。この年格好は、当時としてはやや晩婚の部類に入る。成生に比べると開けた土地で育った志満子は、村民に華やいだ印象を与えた。事件後、醜聞のようなものが取り沙汰されたが、おそらくは根も葉もないものだろう。彼女は道源の死後も寺に留まっていたが、昭和二十三年、退去して実家に戻った。

志満子は、金閣焼亡の翌日、息子養賢に会いに駆けつけたが、かたくなな拒否にあい、傷心のまま帰路につき、付き添った実弟が目を離した隙に、山陰線の列車から保津峡に投身自殺した（享年四十九）。

生い立ち

養賢が生まれたのは、道源と志満子の結婚から四年後のことである。道源は、瘠《や》せて、喉仏だけが大きく、日がな咳をしては青痰を吐き、病臥していることが多く、ほとんど笑顔らしいものをみせたことがなかった。

当時の成生は比較的裕福な家の多い部落であったが、西徳寺は質素なつくりの寺である。檀家は集落の二十二戸のみであり、それだけでは寺を維持できず、村民の喜捨によって補填されていた。寺の切り盛りは、臥床がちの道源にかわって志満子が行っていた。彼女はしっかり者であり、持田を耕し、繕い物や仕立てを引き受けていた。愛嬌のある受け口をした平べったい丸顔の女性だったという。

養賢は、三歳から吃音がみられた。四、五歳には父から読経を仕込まれたが、その際には吃音は出なかった。幼少時は温順で、親思いだったと伝えられる。

学童期になると、体軀は大きく、敏捷で、学友から一目置かれる一方、吃音でからかわれた。吃るとにわかに紅潮し、頸には静脈が浮き上がった。そうしたこともあり、口数は少ない方であったが、かといって偏屈ではなかったという。下級生の面倒見はよく、登校時に蛇が出るとつかんで捨てたり、木に登って桃の実を落として食べさせたりもしていた。成績は良く、つねに教室で一、二番だった。体型は、どちらかといえば肥満型であり、当時の医家によると、結核特有の胸をしていたという。母との折り合いはあまりよくなく、「伯母さんの縫った着物は着るが、母が縫ったのは嫌だ」と言っていたという記録が残っている。

金閣への道

昭和十六年（一九四一年、十二歳）、東舞鶴中学入学を機に、安岡の伯父、喜一郎宅に寄宿するようになる。この伯父宅での様子については、のちに彼の主治医となる小林淳鏡の論考によると、

「温和で明るく、毎日諷経《ふうきよう》し、真面目に通学し、土日曜日は成生に帰り、既に病重い父に代わって社務を行った。中学では目立たない存在で、特に親しい友もなく孤独であったが、決して偏屈、強情ではなく、ひがみ、ひねくれもみられず、特に無口でもなく話の内容も一般中学生と同様であった。吃音はかなり著しく、学友が吃りの真似をしてからかったが、林は超然としている如く、一般に感情を現わさなかった。成績は中の上で、また武道や角力《すもう》が強かったが乱暴ではなく、特に消極的でもなく活発さは普通であった」とある。

　昭和十七年十二月、父道源が死去する。死を前にして、父は同じ臨済宗相国寺派のよしみを通じて、一面識もない金閣寺住職の村上慈海に、養賢を受け入れてくれるよう、嘆願の手紙を送った。

　かつて道源は、浜田弘という隣村の漁師の次男坊を、相国寺塔頭《たつちゆう》瑞春院の伊藤敬宗《けいしゆう》に紹介する労をとったことがある。敬宗は、後に金閣寺住職になるが、それにともない、浜田も金閣に移ることになる。その後、浜田は召集され、陸軍少尉に昇進。昭和十六年五月、出征の挨拶のため道源を訪れている。だが、昭和十七年六月、将来を嘱望された俊英はフィリピンであえない最期を遂げる。その葬儀には、昭和十年に敬宗が物故したあと、金閣寺住職に就いた敬宗の法弟、村上慈海が出席していた。それを聞いた道源は、養賢の入門を直訴しようとしたが、もはや足腰が立たなかった。そこで道源は最後の力を振り絞るように、書簡をしたため、息子を慈海の膝下で薫育してもらいたいと懇請した。

　その願いが通じ、昭和十八年四月に養賢は金閣寺で得度《とくど》した（僧名承賢《しようけん》）。ただし、中学卒業までは、安岡の伯父のもとで暮らすように指示され、帰郷している。

　のちの鑑定書によると、養賢はこのころ（中学三年）から「性格偏倚が目立ち、強情、偏屈が著しく、自分の考えに固執して何としてもなしとげ、気が向かねば誰が何と云ってもしないようになった。学友は「林は神経衰弱のようにみえる」と云い、伯父は長老〔住職〕に「ここには合わぬから、中学卒業前だが入寺させて訓育してくれ」と依頼し」とある。

昭和十九年四月（十五歳）、養賢は金閣に入寺するとともに、花園中学（臨済学院）四年に編入する。同年六月から学徒動員による勤労奉仕で、西大路三条にある宮本電機で、機関銃部品の製作に携わった。七月下旬に発熱し、寺で静養した。八月、体調が回復し、工場の勤務に戻るにあたって、住職に無断で郷里に一時帰省した。その際、土蔵に入って父の愛用の木刀を取り出し、「これとりに戻った」、「わしゃ、これで、金閣の奴らに気合い入れてやんねや」と母に告げたという。

その頃、寺の副司《ふうす》である谷井と口論し、投げ飛ばしたというエピソードがある。谷井とは当初は馴染んでいたが、勤労を休みがちになってからは、口もきかぬ仲となっていた。執事の大里から成生で療養することを打診された時、養賢は、谷井があることないことを言って、住職をそそのかしたのだと反発した。その後も、谷井はことあるごとに林に小言をいい、住職には告げ口をしていたという証言もある。また、以前から、谷井は先代の住職時代のことを鼻にかけて、慈海を侮るような発言をしていたことが養賢には気に入らなかったようである。

昭和二十年三月、中学を繰り上げ卒業となる。卒業式から戻った養賢は、「軀《からだ》が充分になるまで郷里で療養したい」と住職に申し出て、五月に成生に帰省した。それまで帰郷にはかたくなに抵抗していたことを考えると、この変節はやや腑に落ちないが、隣家の人には、「学業も修行もできる時勢ではないから」と説明していたという。それからしばらくの間、養賢は寺務や畑仕事を行い、傍目《はため》には、母子二人の間に今までにはないなごやかな時間が流れているかに思われた。八月、終戦を郷里で迎える。

その後、養賢は日増しに健康を回復し、成生の日常にあきたらぬ様子をみせるようになり、金閣に戻りたいという気持ちが頭をもたげるようになる。そして、住職に頻繁に手紙を出し、昭和二十一年四月、復帰を許され、それとともに禅門学院に入学した。

鹿苑寺金閣

金閣寺は、正式名称を「北山鹿苑寺《ほくざんろくおんじ》」という。臨済宗相国寺派の特別別格地、山外塔頭寺院である。京都の西北端に位置し、西方の衣笠山と背後の左大文字山の懐に抱かれている。山門から参道を入り、途中で折れ曲がると、にわかに風景が開け、鏡湖池《きょうこち》の水面の上に、舎利殿金閣がまばゆい姿を現す。

創建は今から六百年以上前に遡る。応永四年（一三九七年）室町幕府第三代将軍足利義満は、荒廃していた西園寺家の北山第を譲り受け、山荘の造営に取りかかった。全国をほぼ平定し、南北朝統一もなしとげた義満は、すでに将軍職を息子の義持に譲っていたが、実質的な日本の支配者であった。応永五年から同地に移り住み、以後、十年間は、この北山第が日本の政治・文化の中心となる。

当時の北山殿は、広大な庭園に、護摩堂《ごまどう》、懺法堂《ざんぼうどう》、宸殿《しんでん》、公卿間《くぎょうのま》、天鏡閣《てんきょうかく》、そして舎利殿など、あまたの建造物が配され、それぞれが技巧の粋を尽くしたものだったという。その中でも、舎利殿はまさにその精華とでもいうべきものだった。第一、第二層が和様の公家風、第三層が唐様の禅宗様式をとり、金泥《きんでい》が塗られていた。ちなみに再建された現在の金閣は、明治三十二年の解体修理の際に作られた詳細な図面をもとに復元されたものである。第一層を法水院、第二層を潮音洞《ちょうおんどう》、第三層を究竟頂《くきょうちょう》と呼んでいる。

　応永十五年（一四〇八年）三月には、後小松天皇の行幸を仰ぎ、二十日間にわたって盛大な宴が開かれた。いわゆる北山行幸と呼ばれるものである。そして四月には溺愛していた息子義嗣を元服させた。だが五月、その権力の絶頂で、義満は薨去《こうきょ》する。

　義満の死後、義持は政務を北山第から室町第へ、そして三条坊門邸に移す。応永二十五年、義持は義嗣を殺害する。応永二十六年、義満の死後も北山第に住んでいた義持の母の日野康子が死ぬと、義満の遺言に従って、夢想国師を開祖とした禅宗の寺に改めた。ちなみに鹿苑寺の名は、義満の法号、鹿苑院に由来する。その際、義持は、舎利殿をのぞく多くの建物を他の寺に移設するか、さもなくば毀《こわ》すよう命じた。さらに半世紀後の応仁の乱では、相国寺、天龍寺、南禅寺、建仁寺といった寺がことごとく焼失し、鹿苑寺も舎利殿以外のほとんどの建造物は失われた。ただ、金閣のみが、わずかに方丈《ほうじょう》、大書院、庫裡《くり》をともない、北山の地に取り残された。

　明治期に入ると、鹿苑寺は庇護者を失い、さらには廃仏毀釈のあおりを受けるなど、困難な状況が続いた。そうした中、明治二十七年、第十二世貫宗承一は金閣の一般公開に踏み切る。拝観者は、方丈で参拝したあと、大書院で若冲《じゃくちゅう》の襖絵や什宝類を鑑賞し、抹茶を一服喫する。それから庭に出て、舎利殿に昇ったあと、鏡湖池を一回りしてから帰路につく。今は金閣に入ることはできないが、当時は第三層まで登れたのである。拝観料は十銭だった。当初は一日十人から二十人の拝観者しかいなかったが、明治三十年代に開催された関西共進会（博覧会）を機に、寺は観光収入で潤うようになった。貫宗は宮津節の番外なるものを作り、祇園の芸妓に歌わせて、宣伝に努めたともいう。

京の金閣寺を拝見なしたか、ごろうじなしたか、
楠天井の一枚板に南天の床柱、萩の違い棚、名所名所

金色の姿が唄われていないところをみると、のちに養賢や志満子が村人に報告したように、すでに舎利殿の金泥はまばらだったことがうかがわれる。

戦中戦後

養賢が入寺した時には、このようにして、金閣は禅寺であると同時に観光名所としての現世的な顔をもっていた。檀家は少なく、観光収入が頼りであり、執事や副司など、いわゆる事務方が幅を利かせていた。加えて、戦中は中堅の僧たちが、出征などで出払っていた。

養賢が昭和十九年に入寺した時には、金閣には預かり弟子の一人の小僧を除いて、弟子は養賢一人という状況であった。つまり養賢が筆頭弟子ということになる。二人の僧以外に住み込みは、副司と賄婦《まかないふ》の二人であり、あとは通いの職員である。通常、禅寺といえば、賄いも含めて生活全般が修行であり、僧侶がすべてを行っていたが、当時は事情が違っていた。その後、金閣には何人かの弟子が入るが、下僕も含めて事務方が徒弟たちに偉そうな態度で接する状況には変わりがなかった。

戦後になると、次第に観光客が舞い戻ってくる。だが、訪れる者のなかには、世相を反映して、お世辞にも品行方正とはいえない連中も少なからずいたようである。小林秀雄のエッセイ「金閣焼亡」には、「青苔を踏みにじり、女を追う紳士、赤松に攀じ登り、下のカメラにポーズする女性、

石を拾ひ、池に向つてピッチングの練習の如きものをする学生」とある。徒弟たちがこうした観光客に声を嗄《か》らして対応しなければならない状況であった。これならば今の方がはるかにましである。

　養賢は筆頭僧として、率先して寺務をこなし、後輩たちの面倒もよくみていた。しかし下僕までもが徒弟を馬鹿にした態度をとること、モラルのない観光客とそれに依存している寺のあり方などに、強い反発を覚えていたらしい。また、同時に、中堅が不在であるという戦後特有の状況で、筆頭の徒弟として、将来住職になるという野心が芽生えたとしても、おかしくはない立場にいた。

住職村上慈海

　ここで養賢の師、村上慈海についてふれておく。慈海は、明治三十五年、愛知県に生まれた。養賢より二十七歳年長である。大正五年、鹿苑寺にて得度。大谷大学を卒業した後は、天竜寺僧堂で修行を重ねていた。昭和十年、先代の伊藤敬宗が五十五歳で逝去した後、鹿苑寺の住職を襲った。江戸時代の中興の祖西笑《さいしょう》から数えて第十六世の住職である。

　慈海は派手だった先代敬宗とは対照的に、清貧、無口、陰気な人だったと伝えられている。妻帯せず、タバコも吸わず、派手な場所への出入りもなく、食事は徒弟と同じものを食べていた。勤勉であり、戦中戦後、片腕になる僧がいない中で、仏事一切を取り仕切り、本山や学院への出張、さらには本堂や隠寮の掃除、庭のゴミ拾いまで行っていた。住職の多忙は、養賢の入寺、そして再入寺が可能となった背景の一つでもあろう。

　性格は温順であったが、弟子の修行に対しては厳格だった。若い僧たちは、朝五時に起床、読経、作務《さむ》、掃除のあと登校し、帰ってからは再び作務がまっている。外出は、学校の他には、社務以外に許されていない。与えられる小遣いはほんのわずかである。事務方にはそれなりの給料を払い、放任していたのとは対照的である。

とくに際立つのは、その吝嗇《りんしょく》ぶりである。拝観料などの金銭管理は、自らが監督し、一円の間違いも許さなかったという。衣服には構わず、放っておくと、痔出血のシミのついた法衣を着てでかけることさえあった。石鹸を惜しんで自分で洗濯していたためである。ある時、養賢が冬の寒さに耐えかねて、オーバーを買いたいと申し出た時、納戸からつぎあてだらけでつるつるてんのお古を出して与えた。肩肉のはった養賢が着てみると、第一ボタンがかからなかった。それを師に申し出たところ、「袖口の縫いしろを出して着ろ」と言われた。吝嗇は、戦後、財政が潤うようになっても変わらなかった。収入はただ銀行に預けるのみであったようである。

注目すべき点は、慈海の徒弟たちの行く末である。ことごとく慈海のもとを離れている。養賢の上にいた九人のうち、二名は戦死、一名は病没、六名が帰郷還俗《げんぞく》している。養賢の下にいた五人は、一名が死亡、二名は還俗、一名が師転換、一名が発狂となっており、そこにのちに金閣に放火する養賢が加わる。戦中の還俗はいたしかたないかもしれないが、この結果を偶々《たまたま》というには少し無理があるだろう。水上勉は『金閣炎上』の中で、慈海の「事なかれ主義」のなせるわざであると批判している。

慈海という人の言動を知るにつけ、本来、禅宗の僧侶らしい人が、柄《がら》にもない華やかな寺に来てしまったという勝手の悪さ、ちぐはぐさのようなものを私は感じてしまう。部外者の勝手な思い入れなのだが、金閣のイメージに似つかわしくないのである。実際のところ、村井をはじめとする職員たちも、「沈香《じんこう》も焚《た》かず、屁《へ》もこかず」と陰で揶揄《やゆ》していたという。

そういう意味では、艶福家、酒豪でならす先代の伊藤敬宗の方が、はるかに似つかわしい。三島由紀夫の『金閣寺』に登場する住職も、おそらく敬宗をモデルとしているのだろう。「住職は小肥りしていて、もちろん皺《しわ》もあったが、一つ一つの皺の中までが、きれいに洗い込まれている。丸顔で、鼻だけが長くて、流れてきた樹脂が固まったような形をしている。顔がそういう風なのに、剃り上げた頭の形はいかつく、精力が頭に集まっているようで、頭だけがひどく動物的なのである」であるとか、「桃色の餅菓《もちが》子《し》のような体に抱きしめられて、女はどんな気持がするのだろう」といった官能的表現は、慈海ではありえない。

しかし、養賢自身は、事務方がこうした派手な先代の自慢話をするのを、苦々しく聞いていた。吝嗇にはさすがに閉口していたものの、むしろ慈海を慕っていたと伝えらえている。

変調

復帰してからの養賢は、師匠の日課を肩代わりし、月課、年課（正月、盆、開山忌、先住忌、その他の法事など）をこなし、弟弟子の教育も行った。郷里で滋養をつけ、体つきも頑丈となり、その姿は周囲にも頼もしく映った。

入学した禅門学院の教育には不満で飽き足りなかったようであり、早々に大学進学を師に願い出ている。師も養賢の向学心を認め、昭和二十二年四月、養賢は大谷大学予科に入学する。

学校では交流に乏しかったが、クラス委員をしていたＳという学生とは親しい間柄であった。Ｓは金閣の庫裏に泊まり込みにも来ている。彼によると、養賢は真面目で無口な青年であり、自分が悩みを話すと「よくわかる」と言ってくれるが、自分のことはほとんど話さない。表情は乏しいが、笑うと人懐こい顔をみせることもあった。学業の他には、魯迅やスタンダールを好んで読み、囲碁をうち、夜には鏡湖池のほとりで一人尺八を吹くこともあった。長老については、立派な人で、尊敬していると言っていたという。

養賢に明らかな変化がみられ始めたのは、予科三年時である。昭和二十四年、第三学年に進級するが、養賢はほとんど出席せず、市内をうろついていたようである。ちなみに一年時は八十三名中二十四位、二年時は七十七名中三十五位だった成績は、三年時には七十九名中七十九位と最下位になる。二、三ヶ月も姿をみせないこともあった。だが、この学業放擲《ほうてき》については、誰にもその理由について思い当たることはなかった。

八月には、雑役夫の辰ちゃんを制裁した。辰ちゃんこと吉井辰夫は、浮浪者であったところを慈海に拾われて、そのまま住み込みで働くようになった男である。若い僧侶をあなどり、人目を盗んではサボり、言行に陰日なたがあり、そうした小狡《こずる》いところが養賢には我慢がならなかったようである。

その日は住職が用務で外出していたが、月に一度の鏡湖池の掃除に全員総出であたっていた。水面を鏡のように保持するために、繁茂する藻の類をかき出すという重労働である。普段は慈海も率先して池の中に入っていた。その日、辰ちゃんは人目を盗んで、裏手にある左大文字山に入り、日《ひ》向《なた》ぼっこを決め込んでいた。それを知った養賢は、連れ戻して皆の前に引きずりだし、制裁を加えたのである。誰もそれに不服はなかったが、その打擲《ちょうちゃく》ぶりにはぞっとするものがあったという。

慈海によると、この学年から養賢には「憂鬱症」の傾向がみられたという。また、鑑定書には、養賢の発言として、「長老〔住職〕に何か好感がもてず、自分をよくみてくれない不平とか反抗の気持が急に出てきた」、「長老は親切のようで、何か奥歯にものがはさまったようで、自分を除け者にする」といった記載がある。

その年の十一月、慈海は大学から呼び出され、成績の不良と欠席の多いことを聞いて驚く。まったく気づいていなかったようである。慈海は「充分云い聞かせ、改心させるので予科を修了させてもらいたい」と願い出て、特別措置を認めてもらった。この成績と出席状況では、落第させざるをえないのだが、翌年度から、予科三年という学年が、制度改革で廃止されることになっていた。そうなると留年しようにも在籍する学年がないのである。養賢は師から説諭を受け、「学校をやめて僧堂で修行するか」と迫られたが、懇願して学業を続けさせてもらうこととなった。こうした偶然から、養賢は成績不良ながらも大谷大学本科に進学することとなったのである。

なお、この時に、養賢は師から、母の志満子が前年の秋に大江の実家に戻ったことを知らされている。村としては、いつまでも西徳寺に置いておくわけにはいかなかったようである。実際、すでに夫の道源が死んでから七年になっていた。養賢にとっては、これで郷里がなくなったことになる。

放火

昭和二十五年四月、養賢は大谷大学本科（支那語科）へ進学。それを機に、庫裡と隠寮《いんりょう》の狭間《はざま》の部屋に移った。監視の目が行き届くようにという配慮があったのかもしれない。最初の一ヶ月、養賢は真面目に通学し、心を入れ替えたかのように周囲には見受けられた。だが、それもつかの間、再び欠席がちになる。

五月には、仏教辞典、仏教聖典を売却し、六月にはさらに、経済学辞典、哲学辞典を売却し、大学にはほとんど姿をみせなくなった。

六月十日、金閣の第一層である法水院の板戸の釘を抜いた。六月二十四日頃にはいったん戻し、二十八日頃に再度抜いている。

六月十一日には、住職より学業放棄に関して、「学校が厭なら僧堂に行かねばならぬが、考えて返事をせよ」と言われた。二、三日後に「決心がついたか」と住職が問うたところ、「わかりません」という返事だったため、「人を馬鹿にするな、わからなければ命令するから学校へ行け」と叱責したところ、「命令に従います。学校へ行かせてもらっているのはありがたく思っています」と答えた。しかしその後も学校に行く様子はみられなかった。

六月十七日、南船岡町古物商で父のお古の冬トンビを売却し、その金をもって某遊郭へ登楼したが、不首尾に終わっている。翌十八日には冬オーバーを売却し、五番町泉楼に行く。その際、相手をした女性、輝子に、「もうすぐ、わしのことが新聞にのるかもしれへんで」と語っている。彼女はのちに養賢が童貞であったと供述している。さらに翌十九日には合いオーバーを売却し、再度泉楼の輝子を訪れたが、その時には床にはつかず、「昨日、あんたに童貞やというたけど、あれは嘘や、十七日に、他の店にあがっとった。……半童貞やった」と言って立ち去った。

六月二十二日には、上京区南上善寺町の薬局でカルモチンを百錠購入した。カルモチンは商品名であり、ブロムワレリル尿素というのが正式の薬品名である。強い催眠作用を有し、この当時から始まるいわゆる第二次自殺ブームでもしばしば使用されるようになった。太宰治もこれを用いて自殺を企図したことがある。薬局の店主は、学生には多すぎると思い、三十錠入りを勧めたが、養賢はどうしても百錠入りが必要だと言って譲らなかったという。六月二十九日の夜、火災報知器が故障し、七月二日に修理が予定された。

七月一日の夜、和尚に灸をすえて按摩《あんま》をほどこし自室に退く。午後十時頃から、その日に訪れていた法兄江上大量に乞われて、碁を三番打ち、十二時頃終えた。林が金閣に火をつけたのは、日付が変わった七月二日午前三時頃のことである。

供述によると、「身の回りのものと藁束を持ち込み、マッチで火をつけた。最上階の究竟頂で金閣とともに死のうという考えが起き、二階に上がろうとしたが鍵があかず、火が勢いよく吹きあがってくと、恐ろしくなり、金閣を飛び出し、大文字山に駆け上った」とある。寺の小僧が飛び起きたときには、金閣の窓という窓から炎の舌が勢いよく空へ帯でも放り上げるみたいに燃えさかっており、住職をはじめとして、寺の者たちが続々と起き出して駆けつけたが、なすすべもなく、ただ呆然と鏡湖池の岸に佇んでいた。消防車は、庭園までは入ることができず、ようやく遅ればせの放水が始まった頃には、金閣はすでに黒い虫かごのような骸《むくろ》を呈していた。

消防と警察が現場検証に入ったが、養賢の姿がみえず、居室からふとん、蚊帳《かや》、机、本箱がなくなっていた。焼け落ちた舎利殿を調べたところ、それらの残骸が足利義満像のあったあたりに見つかった。放火容疑者として養賢に逮捕状が出され、市中ならびに付近の山の捜索が行われた。同日午後四時頃、金閣の裏手にある左大文字山の中腹でうずくまっている養賢を寺の清掃係が発見し、連絡を受けた若木松一警部見習が現場に急行した。その時の養賢は、カルモチンの服用による朦朧《もうろう》状態にあり、短刀で胸をついて血を流しており、そばには小さいやかんと、カルモチンの空箱が転がっていた。若木が「林か」とたずねると、養賢はうなずき、すぐに放火を認めた。

逮捕・拘留・公判

犯行当日の夜、金閣寺で若木警部見習によって聴取された供述は以下のようなものである（第一回供述調書）

「私は昨夜午前何時頃か判りませんが深夜に書類と布団や蚊帳などを以《もつ》て行つて金閣の北側の板戸を外し屋内にはいり私が持つて行つた書籍や蚊帳等を西側の外を開けて中に入れマッチで点火して金閣を焼いたのであります。金閣が燃へるのを見ましたが放火した原因については無意味にやりました。其《その》後私も死ぬるつもりで前に買ふてあつたカルモチン百錠を大文字山の山中で飲んだのでありますが今は苦しいですから寝かせて呉《く》れ何もかも申します。私が放火した犯人に相違ありません。私の主観では悪い事をしたとは思ひません」

この調書には、若木警部見習が差し出した藁半紙に書き付けた養賢の文章が添付されている。

「生とは如何？　死とは如何？　生死なんて全く無意味だ。世の馬鹿面達諦□《一字不明》せよ！　何の意味がある――こんな事書くのも意味ないが――三度三度飯を喰ひ又寝《い》ね泣いたり笑つたり怒つたり毎日〱繰返してゐる如何に〱。しかし意味ないと言ひながらやはり自分も意味のない事やつてゐるんだな何ものが斯《か》くさせるんだ？　敢て言ふ全く意味ない地球は廻り巡行す一体何だ？　人間て何だ？　焼くのも意味なかつたこの事は楼上で焼け死ぬ最後の瞬間に言ふべきかも知れぬが自殺も大した意味なし。馬鹿面下げた野次馬達の取巻く断頭台上で首が飛べばどうだ？　如何に？　笑止〳〵最後は又全く無意味だ。七、四午前九時」

　七月三日、西陣署に母志満子が駆けつけたが、養賢は警部たちの説得にも頑として応ぜず、声を荒げて面会を拒絶した。傷心の母は、帰路、連れ添った弟が目を離した隙に、列車の連結部から飛び降り、保津峡に身を投げ、頭を砕かれた。

　第一回公判は、昭和二十五年七月二十四日に開かれた。養賢は読み上げられた起訴状に対し、「起訴事実についてはその通りであり、申し上げることはありません」と答えたが、動機に関する「自己嫌悪、美に対する嫉妬、美しい金閣と共に死にたかったこと、社会に対する反感、放火に対する社会の批判をきいてみたいという好奇心」という検察の陳述については、「本当といえば本当、本当でないといえば本当でない」と答えた。

　席上、弁護人は、心神耗弱を主張し、精神鑑定を求めた。養賢は「自分は気狂いではないから精神鑑定の必要はありません」と拒絶したが、裁判官より「気狂いか否か鑑定するのであり、気狂いと決めているのではない」と諭《さと》された。

　八月二十七日、相国寺宗務会は林の除籍を決定し、養賢は還俗の身となった。

　同年八月から十月にかけて五回にわたって、京都大学医学部精神医学教室主任教授三浦百重によって、精神鑑定が行われた。これについてはのちに検討するが、結語部分の鑑定主文のみ引用しておく。

昭和二十五年七月二日本件犯行当時及その前後に於ける被告人林養賢の精神状態は本鑑定期間及至《ないし》その平生と大差なく、軽度ではあるが、性格異常を呈し、「分裂病質」と診断すべき状態にあったと推定される。而《しか》して本犯行は同症の部分現象たる病的優越観念に発するものである。

噛み砕いて言うなら、病（分裂病）の兆候は認められず、性格の偏り（分裂病質）を基盤にした、強い思い込み（病的優越観念）によるものということである。この見解に基づき、判事は責任能力があると結論付けた。養賢は、逮捕から結審に至るまで、罪状を一切否認することなく、尋問や診察に対して素直に応じている。

十一月七日、住職と接見を許可されたが、その際、「長老にはすまんと思います。しかし詫びる気持ちはありません」と述べている。

十二月二十日、第三回公判で、検察は懲役十年を求刑した。養賢の最終陳述も、これまでと大きな違いはみられず、審理は終結した。

ちなみに、二十二日に養賢は次のような上申書を書き、二十五日に提出している。

……無罪か或いは精神病院へ行かせて下さい。（中略）あのような罪の責任を私に持たせようとして下さる御好意に更に感謝しています。けれども私には責任をお受けすることは出来ません。火あぶりにされても私の罪は消えません。唯社会の人々に許して下さいとお願いするばかりです。又一面精神病院に行かせて頂くことが、人々の心を安めて頂き納得して頂く一番いいことと思います。そして又病院で私の悩みを直して頂きたいです。このどちらかにして下さい。……

同年十二月二十八日、懲役七年の判決が下される。養賢は控訴せず、刑が確定した。同日午後、養賢は京都拘置所から加古川刑務所に移送された。

発病・死

刑務所では独居房に収容されたが、担当の看守によると、養賢は、穏健、至極《しごく》真面目であり、健康を取り戻し、所外勤労にも出されていたという。

ところが、昭和二十六年二月頃から、慈海への手紙が頻繁に出されるようになり、その中で悔恨や謝罪が述べられている。その一つを引用する。

> 村上慈海大和尚猊下《げいか》　不肖の弟子はいま心から、ふかく、ふかく、ふかくお詫びいたします。私がなしました罪業は、何よりもましてふかく、仏徒としてあるまじきこと、また人間の子としてあるまじきことをなしたことに気づき、只今はひたすら反省いたしてをります。猊下は、私が京都拘置所を去る時、一面をみて、全体を見なかったと仰せられましたが、まこと、私は人生、社会の一面のみを見てきたことに気づきました。私という小我を守って、他のかなしみや、うつくしさに気づかざる、まことに大それたことをしでかしたことの恐ろしさ。あの夜のことが、いまひしひしと悔いられ、土に伏したい気持であります。何卒、猊下、私のこの気持をお察し下さい。おゆるし下さい。おゆるし下さい。何とぞ、おゆるし下さい。

また同じ頃から、精神症状の悪化のため、夜間独居拘禁になる。小林淳鏡の論文から引用すると、「二月末から異常状態のためしばしば夜間独居拘禁をうけた。四月から土工作業に出たが、この頃から毎夜誰かに精液を吸い取られるとの体感幻覚や被害妄想が始った。十一月中旬から心神耗弱のためしばしば厳重独居拘禁をうけた。二十七年四月頃から手紙は支離滅裂で奇怪な表現が多く、また『地獄に落ちる』、『私の血は何色か』、『住する所がない』などの危機的体験がみられた。六月から肺結核のため休養となった」

　慈海への手紙は引き続き発信された。従前と比べれば、多少の乱れを認めるが、記載された精神症状から推定されるような支離滅裂さは書簡のなかにはない。

申しわけありません。許してください。学問や修行の意義ある事がわかる様になりました。

　こちらの皆様から親切にして頂きます。特別に本は貸していただきますし、体の具合が悪いと薬やお粥なども頂いてゐます。毎日時間は充分余る程ありますし。これまで学校へ行かせて頂いた為にあらゆる本が自由に読めます。あひま〱に坐禅をしてゐます。現今の身分を有難く思ふばかりです。

　禅をやって自分の精神病質症状を吹飛ばす心算をしてゐます。

犯してしまった罪どうかお許し下さい。長老さんには許して頂けると信じてゐます。

すべてのものは夫々尊い価値がある事がわかってきた様です。現在猶生かして頂ける事お教へより有難く思ってゐます。それから先がわかりません。教へて下さい。度々の差入れ色々と有難う御座います。
今痔で参ってゐますが、痛くなってみて始めて長老さんの痔の苦痛がわかりました。
普通では許し得ない罪お許し下さい。

承賢九拝

昭和二十八年三月、八王子医療刑務所に移送される。結核の悪化によるものである。同所では、「拒食、緘黙《かんもく》、幻聴、被害妄想、感情鈍麻が主で、しばしば独語、啼泣《ていきゅう》し、時には衝動行為」がみられ、「ある看護婦を母と同一視し、その介助なら拒食しなかった」とある。看護師は旧姓を荒川といい、養賢は彼女を「荒川先生」、「荒川観音」と呼んでいた。刑務所内の支給品を拒み、毎食、彼女が手ずから与えるパン一個と牛乳二合と砂糖を食したという。牛乳は、お椀をお茶の作法のように三度まわしてから飲んだ。

昭和三十年十月三十日、病状により減刑措置となって釈放され、そのまま京都府立洛南病院に入院する。担当した小林淳鏡医師によると、「入院時には拒食が甚しく、殆んど閉眼緘黙していたが、医者がここは病院であることを告げたのみで、約十日間で拒食症は消失し、摂食、掃除などを自らするようになった。顔貌は仮面様で幻聴、被害妄想、被影響妄想、作為体験が旺《さか》んであった。林は問診にはよく応じ、犯行当時について「あの頃は長老に対して、何か好感が持てぬようになっていた。しかし長老には何ら非難すべき点はない。皆自分の業によると思う」と述べた。（中略）時々病室で端座して独語している。聞くと、幻聴に対して「般若心経を読むのだ」と云う。そして「先生、仏を殺し祖を殺す、というのがどうしても解決できませんでした」と云った」と記載されている。

昭和三十一年三月七日、結核のため死去。享年二十六。墓は、安岡部落の共同墓地にある。法名「正法院鳳林養賢居士」。その隣には、母志満子の墓標が並んでいる。

第1章　動機はあとから造られる

犯行前夜

林養賢はいかにして金閣を焼くにいたったのだろうか。

彼が明らかな分裂病の症状を示したのは、昭和二十六年二月頃である。昭和二十五年十二月に刑が確定し、加古川刑務所に移管されたあとのことである。犯行の時点では明らかな発症はしていない。

事実、金閣放火の直前に至るまで、養賢に兇行の兆候はみられなかった。身近にいた者の誰一人として、彼の異常に気づいた者はいない。犯行当夜でさえ、いつものように住職に灸と按摩《あんま》をほどこし、その後、たまたま逗留していた江上大量と囲碁を三局、何らの破綻をみせずにうっている。その大量の証言によると、放火を計画しているようなところは微塵もうかがえなかったという。また、事件直後に聴取を受けた住職、修行僧、その他の職員の誰もが、養賢の仕業とは信じられないと供述している。

平成二十一年七月、筆者は江上大量の息子の江上泰山氏（鹿苑寺《ろくおんじ》執事長を経て、当時、相国寺派宗務総長）と面談の機会をもった。泰山氏は養賢より七歳下の弟子であり、一年ほど鹿苑寺で生活をともにした。入門当時は養賢が筆頭僧であり、社務の指示を出す立場にいたが、率先して取り組んでいた。他の兄弟子からは叱られたり叩かれたりすることもあったが、養賢からはそのような仕打ちをされたことはない。学校の勉強や経典などを教えてもらったことがある。口数は少なく、内向的だが、親切な人であったという。

　事件の三ヶ月前に、泰山氏は肺浸潤（結核）の療養のために若狭の実家に帰郷していたので、その間のことはわからないが、知る限りにおいて、兄弟子に犯行や病の兆候はなかったという。父の大量に伴われて金閣に帰還したまさにその夜、放火に遭遇した。のちに新聞の取材に対して、「六畳の部屋で寝ていたら、夜中に「ドンドン」という音で目が覚めた。すると、障子に真っ赤な火が映っている。急いで父を起こしに行きました。父は前夜、放火した徒弟僧〔養賢〕と囲碁を三番打って、〇時を回ってから床についたのでまだ寝ていました。「金閣が燃えている」と言うと、「寝ぼけているんか」とまったく信じないので、腕を引っ張って起こしました」と語っている。

　泰山氏が強調していたのは、あの当時は食うことで精一杯であったことである。食事は貧しく、芋の中にコメが少し入っている。そのコメの粒を味わうようにして食べた。月に一、二度、住職が外出先で夕食をとることがあり、一人分余るので、順番にありついていた。これがもっとも大きな楽しみだった。そんなわけだから、金閣が美しいとか、美しくないとか、そんなことにはまったく関心がなかったと回想している。ただし、泰山と養賢の間には七歳の年の差がある。少年は食うことに精一杯かもしれぬが、青年は、たとえ空腹をかかえていても、社会的、あるいは実存的な問いをもっておかしくはない。

　話題が事件に関することに触れかかると、泰山氏の口は重くなり、「わからない」と繰り返した。こちらは動機など聞いていないのだが、表情を曇らせる。その年は、主要各紙から取材を受けており、判で押したように動機についてたずねられ、辟易《へきえき》としていたのだろう。精神科医の取材ということに、反発していたのかもしれない。当時のメモを読み返すと、「私を胡散臭《うさんくさ》そうな目をしてみる」とある。最後に、「報道や小説に書かれていることは、みな作り事だ」と吐き捨てるように言われた。


　犯行から少し時間を遡ってみると、大谷大学入学以降、書籍の始末、釘の確認、遊郭への登楼、睡眠薬の購入という足取りを、放火にむけての身支度のような行動を跡づけることができる。はじめて「金閣を焼く」という考えが象《かたど》られたのはいつごろのことだろうか。のちの鑑定医の質問には、「二週間か三週間前」と答えている。ちょうど釘を抜いた頃であり、そうだとするなら、住職から叱責を受け、登楼した際、相手をした女性に「わしのことが新聞にのるかもしれへんで」と告げた時期にあたっている。おそらくにわかに象られたものだろう。

　だが、はたしてそれは明確な意思のもとに企図されたものなのだろうか。

養賢の憂鬱

　住職の慈海は、養賢が犯行の一年ほど前から、「憂鬱症」のようにみえたと証言している。似たようなことは、何人かの寺の者たちが述べている。当時の苦悩する青年には、「憂鬱症」と呼ばれるような状態がしばしばみられた。というより、むしろそれは青年期の特権のようなものだったのである。それゆえ、周囲にさしたる違和感を与えるものではなかったのだろう。公判で養賢の憂鬱症の動機について聞かれた際、住職は「青年期によくあり得る憂鬱症と思います」と応答している。

憂鬱症、すなわちメランコリーは、古代ギリシアから現在まで綿々と受け継がれてきた病である。ただ、時代によってその意味するところは異なる。中世ヨーロッパでは、狂気を総称するような言葉であった。ところが近代に入ると、この名前は憂鬱な気分に浸された状態を指すようになり、狂気から離脱する。十九世紀の代表的な精神医学者エスキロールは、この名称はあまりにもポピュラーなものであり、学術用語にはふさわしくないとして、診断分類から除外した。もはやそれほど異質なものではなくなっていたのである。

たとえば、心理学者のウィリアム・ジェイムズ（一八四二－一九一〇）は、メランコリーの体験を通過しないと真っ当な大人にはなれないといい、それを「二度生まれ」（twice born）と呼んだ。一種の通過儀礼のようなものである。ジェイムズ以外にも、ヒューム（一七一一－一七七六）、カント（一七二四－一八〇四）、ヘーゲル（一七七〇－一八三一）といった人たちは、おしなべて青年期にメランコリーのエピソードを経験している。J・S・ミル（一八〇六－一八七三）は、ベンサム（一七四八－一八三二）を評して、「メランコリーにもならなかった男」と軽蔑し、ジェイムズと親しかったある学者は、刻苦勉励にもかかわらず、メランコリーにならないことを嘆き、努力不足であると自分を責めた。そして十九世紀の首都パリの精神を体現したのがボードレールである。知識人である以上、メランコリーには一度はなるものとみなされていたのである。

養賢の生まれ育った時代にも、こうした「憂鬱症」の青年文化は存在した。むしろ「青年期」というライフステージが、二十世紀初頭になって、ようやく一般市民層にまで浸透するにつれ、それはごくあたりまえこととなった。青年というものは暗く、無口なものであり、そして孤高を保つのを美学とするとされたものである。憂鬱はかならずしもネガティヴに受け取られなかった。むしろ、賑やかにはしゃいで、群れたがるような手合いは、ともすれば軽蔑されたものである。

ところが、憂鬱は分裂病の前駆期にもみられることがある。というより、定番といってもよい。この時代、十代の若者が診察室に現れ、さしたる理由のみあたらぬ憂鬱を訴えたら、精神科医はまずは分裂病のはじまりを疑う。出来合いの診断基準が大手をふって臨床場面に上がり込んでくるまで、これは精神科医の常識であった。

この憂鬱には、いわくいいがたい雰囲気がある。原因らしきものはみあたらない。「悩み」といっても間違いではないのだろうが、何に悩んでいるのかが本人にもその正体がよくつかめていない。いわゆるうつ病にみられるような、生命的な気分の鬱滞のようなものは伝わってこない。むしろ「実存的」と形容した方がふさわしい。

鉛色の雲が垂れ込めたような無気味さがあり、虚無感に浸されているようにもみえる。われわれとは深淵で隔てられ、深い絶望の淵にいるかのようであり、かかわる手がかりがなかなかみつからない。どのような言葉を投げかけても、それは深淵の中に吸い込まれていく。こちらの手の届かぬ向こう側で、患者は首をかしげるばかりである。

他方で、何かが彼に差し迫っているような切迫感がこちらにも伝わってくる。だが、それが何であるのか、患者自身にもつかめない。そういった捉えどころのない状況に患者は困惑している。こちらが不用意な介入をすれば、それが何か決定的な一撃になり、発病の幕を切って落としかねないような緊張に満ちている。

養賢の憂鬱症は、そこまでは異質な雰囲気をただよわせていなかったのだろう。だが、「憂鬱症」の他に、「性格の偏奇」（それまでとは人が変わったようにみえること）、および「成績の落下」が指摘されている。三つとも代表的な分裂病の前兆である。一つ一つは特異的なものではなく、いろいろな要因で起こりうる。資料の字面だけでは、分裂病前夜独特の質感をとらえるのは難しい。ただ、代表的な前兆が揃い、のちに明らかな分裂病症状が発症した経過を考えると、この時期、養賢が前駆期にあったことは、まず間違いない。

人はみな動機を求める

それにしても、養賢はなぜ金閣を焼いたのだろうか。動機をめぐる問いは執拗に立ち上がる。だが、だがそれを一度棚上げにしてみよう。いくら探したところで、金閣の放火に動機などないのだ。そう考えてみると、この出来事がわれわれを震撼《しんかん》とさせるのが腑に落ちるのではないだろうか。

人はつねに動機を求める。何かがあれば、すぐさまそれに見合う原因があるはずであると探索し、それらしきものをみつけては、人心地つく。そして物語をつむぎだし、出来事から受けた衝撃のほころびを繕う。こうしたわれわれの性癖は、出来事のインパクトが強ければ強いほど露骨なものになる。

　放火当日、西陣署に移送された養賢について、前田幸之助検事は、「動機については宗教上か思想上その他に何か深い事情があるらしく、本人もしきりに何か述べたがっている様子をしていたが、二、三日たって意識が回復してから詳しい取り調べを行う」と記者に述べている。だが、放火の直後から、諸紙は「「ただ世間を騒がしたかった」、「社会への復讐のためだ」とか言っている」などと報じた。メディアでもっとも取りざたされたのは、「美への嫉妬」である。それ以外にも「学生僧は異常性格か」、「住職への逆うらみか」、「社会への限りない劣等意識」、「放火は積年の計画」、「地でいった諸行無常」、「英雄気取りの性格破綻者」といった見出しが紙面を飾った。なんらかの動機によるものか、さもなければ異常者だというわけである。

調書

　この事件では、起訴前に三度にわたって供述調書が作成されている。第一回は前章に示した。多少長くなるが、ここでは西陣署内留置場で記録された第三回供述調書を提示する。

一、私が金閣を焼いた事は、私の行ひを見ると見にく《ママ》いので美に対する嫉妬の考へから焼いたのですが、真の気持は表現しにくいのであります。
一、私の現在の心境は金閣を焼いたことに対する責は負ふ覚悟で居ります。現在でも悪いことをしたといふ考へは余り起きません。
一、私達お互の生活は苦しいけれども、金閣寺に毎日何百人かの人がぞろ〳〵遊びに来る事に付ても或程度の嫉妬を感じて居りました。

一、私は寺の中で狂人扱いされている様な主観的考を持つたこともありました。私は自分はつまらぬ人間だといふ事を感じ乍《なが》らも亦《また》英雄だといふ人よりは偉い自分だといふことも時々考へが起るのであります。

私は柳行李《やなぎごうり》一個と一尺に六七寸位のトランク一個を以て居りましたが、それは沢久吉さんの室へ預けて置きましたが、二週間程前貰つて私の部屋に置いていたその行李やトランクも昨日申しました他の身廻品と一緒に金閣に持出して焼いて仕舞つたのであります。

一、私は酒は一合位飲みますが、度々欲しい事は事実です。

一、私の趣味としては碁、尺八、将棋位のものであります。

一、私は昭和二十三年頃寺の物品を持出した事で西陣署で取調べを受けた外は警察の取調べも受けず、前科もありません。

一、私は寺の使役をやり乍ら大谷大学へ通つて居りますが、学校の費用を除いて、毎月寺から七百円位貰つて居りますが小使には不足して居ります。

一、私の父は道源といふて、私が中学二年の秋死亡しましたし、母は志満子で今年五十才だと思ひます。現在は加佐郡河東村字尾藤高橋宅に居ると思ひます。両親とも実父母ですが、父母とは中学一年生のときから別居生活して居ります。昭和二十二年夏休みに一度帰郷して母と会ひましてから約三年程は一回も会つて居りません。別に母に会ひ度《た》いとも思ひません。淋しいとも思つては居りません。

現在の心境としては、母には会ひたくありません。誰とも会い度い人はありません。

一、友人として、特に親しみを持つて居る人は、昨日申しました福永、鈴木の外に、福井県人で西大路四条を下る東入田畑方に竜川大雪当二十八才があり、碁の友達で、加東玄幽外一二名あります。

一、女の友人はありませんが、死を決して居た六月十七日から二十日頃迄《まで》の間に三回五番町の遊郭へ遊びに行つて、童貞を失つたのであります。最初の日は午後九時過に寺を出て歩いて五番町迄行き家号は覚へませんが、六百八十円位持つて居た所持金全部を出して一時間位遊び、帰りは歩いて帰りました。その翌日も午後九時頃、五番町の泉といふ家で照《ママ》子とかいふ女と一時間遊んで五百円支払ひました。その翌日も亦《また》照《ママ》子の所へ遊びに行き、二階の室へ通され四十分位居て女から関係しようと言ひ出しましたが、私は乗気がなかつたので関係せずにその晩は帰りました。これ以外女の関係は少しもありません。

次に金閣の板壁の裏の板戸の釘をこつそり抜いて置いて夜間はいれる様にして置いた事について申述べますと、六月の十日頃の午前中に金閣に行つて、二寸位の鍵型の釘を二本ぬいて置けば、普通裏の戸締があつても容易にはいれる事を知つて居りましたので、夜中こつそり忍込んで放火して、焼払ふ考へで抜いて置いたのであります。それから二週間程は、抜いた儘《まま》になつてありましたが、誰にも気附かれなかつたのですが、六月二十四、五日頃、その釘をさして元通りにして置きましたが、亦六月二十八、九日頃に抜いて置いたのであります。抜いた釘は何処《どこ》に置いていたか忘れました。そして、七月一日の夜中に愈々《いよいよ》私の身廻品を含んで身体諸共に焼け死ぬる心算《つもり》で金閣に放火を決行したのであります。

私の室の西の出口に木刀と本立と靴下があつたそうですが、何れも一緒に焼いて仕舞ふ考へで持ち出したのを忘れたのであります。その木刀は私の室に以前から置いてあつたものですが、置いて居た事については何も意味ありません。
　私の室の西側に障子が一枚あつたそうですが、それは私の室の北側廊下に立てゝあつた分の内一枚を持出して金閣に火をつけた際燃え難《にく》くては失敗するから、最初のたきつけの意味で持出して置いたのを運ばなかつたのであります。私が平素使つて居りました二尺に三尺位の座机も一緒に金閣迄《まで》運んで焼いて仕舞ひました。私は金閣に火が燃え始めてから恐しくなつて、大文字山へ昇りましたが、その際二週間程前から買ふて居たカルモチンと、万一の場合自決する心算で西陣署の南隣の金物屋で刃渡り四寸位柄二寸位の鞘付短刀を九十円で二週間程前に買入れてあつたのを持つて山へ昇りました。
　カルモチンを飲んで胸を突く迄に当時所持していた万年筆、現金四百円、カルモチンの箱、手袋、風呂敷一枚、皮バンド一本、ノート半冊位を焼いて仕舞ひました。其の理由についてははつきりしません。
問　君は板壁の裏の掛金を犯行二十日前から外した点や、十二三日前に女買ひに行つた際、新聞に出る様な事をするかも知れんと語つた点から考へると、相当以前から放火を考へて居た模様であるが、その原因動機についてはどうか。
答　昨日来申した通りであります。
問　何か利益の申立てがあるか。
答　最後に断頭台にのぼして欲しいことと、これ以上語りたくない。
調書は、事件から数日後に西陣署内で作成されたものである。傷の手当を受け、カルモチンによる朦朧《もうろう》状態からもすでに脱していたころだろう。わが国の供述調書は、独白体で書かれるのが基本である。最後の問答形式の部分は別にするにしても、このように養賢が整然と語ったわけではない。さまざまなやりとりは割愛され、逮捕された当事者が一人称で語るという形式に書き直される。

聴取には、第一回から引き続いて、若木松一警部見習があたった。逮捕から拘置所に移管されるまで養賢に付き添った氏は、のちに水上勉の取材に応じて、「ずっと身柄を見ていた私には、「こんな男が、どうしてあんな大それた罪を犯したのか、不思議だ」という気持ちが強かったのです」と語っている。そして、養賢には一貫して罪状を隠すような意図はみられず、また住職に関しては、反感をもっておらず、尊敬していると言っていたと述べている。氏はのちに「金閣寺一件」という分厚い個人的回顧録を残している。

調書の冒頭には、「美に対する嫉妬の考へから焼いた」とある。この文言は、今日まで金閣放火の動機として一人歩きしているものである。おそらく犯行の理由を尋ねられたのに応じたのだろう。ただ、その陳述の直後に、「真の気持は表現しにくいのであります」と続く。のちの公判においても、養賢はこの動機について、「真と云えば真、真でないと云えば真でない」と答えている。養賢は尋問に対して、一貫して率直な態度で応答しており、この言い淀みは決してはぐらかしではないだろう。

第三項には、寺での生活の苦しさと、それとは対照的な観光名所としての金閣の繁栄ぶりが記述されている。これは放火の動機として述べられているわけではないのだが、この繁栄に対する嫉妬もまた一人歩きした。

検察が最終的にまとめた養賢の動機は次のようなものである。

（一）自己嫌悪に陥ったこと、（二）美に対する嫉妬心を持って居たこと、（三）金閣と一緒に焼死したかったこと、（四）社会に対する反感心があったこと、（五）社会の人はこんな行為に対しどう云ふことを云ふか聞いてみたいと云ふ好き心があったこと。

水上勉『金閣炎上』

三島由紀夫は『金閣寺』（昭和三十一年刊）の執筆に先駆けて、二度取材旅行を行っている。調書や公判記録などの一次資料にも目を通している。だが、養賢個人に対して関心を示した跡がない。それとは対照的なのが、水上勉の『金閣炎上』（昭和五十四年刊）である。この作品は小説というよりは、むしろ事件簿といった方が適切である。事件の関係者や養賢を知る人たちへの長年に亘る地道な取材がベースとなっている。成生にもたびたび足を運んでいる。資料的に価値の高い作品である。

水上自身、同じ臨済宗の修行僧として青年期を過ごしている。相国寺派塔頭《たつちゆう》の瑞春院で得度《とくど》したが、出奔し、連れ戻されて等持院に移った。養賢も通った花園中学を卒業し、その後は還俗《げんぞく》している。昭和十九年八月はじめ、水上は、相国寺塔頭時代の先輩に連れられた養賢に、成生の近くの杉山峠で偶々出会った。この日付が正確だとすれば、金閣で療養していた養賢が、体調が回復し、木刀を取りに成生に帰郷した時のことである。当時水上は、郷里の福井県大飯《おおい》郡にある高野分教場に代用教員として勤めていた。そこから成生までは県境を挟んで目と鼻の先である。

『金閣炎上』は、全編、養賢への共苦によって貫かれた作品である。吃音、母とのソリの合わぬ関係、父の病と死、住職の吝嗇《りんしよく》、貧窮した修行生活、死に至る病である結核の発病、帰る郷里を失ったこと、戦後の仏教界の風紀紊乱《びんらん》、観光収入を得てサロン化しつつあった金閣の内情、こうした養賢を取り巻く困難が、一つ一つ積み重ねられていく。

　水上がとりわけ重視したのが、戦後、中国南京政府主席陳公博一行の亡命生活を、外務省の依頼で住職が引き受けたこと、皆が貧窮する中で彼らが飽食や麻雀などの娯楽に興じ、殺生禁止の禅寺であるにもかかわらず、鏡湖池の鯉までが食用に提供されたことであり、また時流に身を任せて、そうしたことを容認している住職の事なかれ主義である。このあたりは養賢の放火を馬鹿げた行為、狂気の沙汰とされていくことへの抗議であり、悲憤が激情となって迸《ほとばし》り出ている。

　こうして水上はこれでもかと言わんばかりに、動機を積み重ねていく。バックグラウンドは稠密になり、やむにやまれぬ状況が浮き彫りになっていく。

　しかし、それにしても、なぜ金閣を焼かねばならぬのだろうか。曲がったことの嫌いな、そしてやや偏屈で頑《かたく》なところのある男が、ついに耐えかねて、やむなく兇行に及んだということでよいのだろうか。これが住職を殴るであるとか、器物を破損するくらいのことならば、わからなくはない。あるいは社務をボイコットするであるとか、水上自身がそうしたように、寺から脱走するなら話はわかりやすい。むしろわれわれが理解を深めれば深めるほど、金閣放火という未曾有の出来事は、その謎を抱えたまま、ありきたりの理解の彼方に逃れてゆく。

　三浦百重の鑑定書では、予科三年の夏、囲碁に耽《ふけ》っていたところを住職に厳しく叱責され、その頃から住職や周囲のものに排斥されていると思い込むようになり、金閣の支配者になる望みを断たれ、将来を絶望し、金閣からの収入がなくなれば住職もえらそうなことは言えぬだろうと考え、犯行に至ったとなっている。これは数回の診察での養賢との問答を継ぎ合わせたものである。いかにも作られたものという印象を免れない。

仮に、養賢が金閣の支配者になるという望みが絶えたと感じたことが放火の動機だというなら、それは了解可能な心理ではなく、病的なものが潜んでいてもおかしくはない。その可能性は十分にあり、のちにふれる。

彼はまだ僧堂での修行も積んでいない見習いのような立場にすぎない。住職の候補にノミネートされるとすれば、二、三十年も先のことである。そのうえ、金閣の住職は、相国寺派の総意で決まるものであり、先代によって後継指名されるものではない。また、金閣の徒弟から選ばれるわけでもない。慈海はたまたま鹿苑寺での修行経験があったが、一代前の伊藤敬宗はそうではない。こうしたシステムについては、もちろん養賢も知っていた。

もちろん、青年が、間尺《ましやく》に合わぬ野心を抱くのはよくあることである。むしろ彼らの特権というべきものだろう。養賢がゆくゆくは金閣の住職になるという大望を抱いていたとしてもおかしくはない。しかし、だからといって、叱責されて放火するものだろうか。それでは、駆け出しの研修医が教授に叱責され、自分はもう教授にはなれぬと絶望して、大学を爆破するようなものである。

動機はあとから造られる

養賢の行為は了解不可能である。心因をいくら積み上げても、そこにはたどり着かない。これは酷薄な見方だろうか。そうではあるまい。むしろ動機の中に行為を回収し、了解の連鎖を作り上げることの方が、養賢の意に反するのではないだろうか。彼は動機については、終始わからぬと言っているのである。

では、われわれはなぜ動機を問題にするのだろうか。実のところ、この性癖とでもいうべきものは、意識というものの中に深く刻み込まれているからである。

意識は出来事に対して立ち後れる。決定的に遅れている。たとえば窓外に目をやる。すると、風にそよぐ樹木の葉が陽に照らされて、鮮やかな緑の色彩が揺れているのが見える。このとき、明らかに感覚の方が先行している。もっと無骨に言えば、感覚刺激がまずやってくる。しかるのちに、網膜から視神経を経て、信号は後頭葉に伝達され、しかるべく処理されて、緑の樹木の葉という知覚にまとまり上がる。それゆえ意識は必ず遅れる。

だが、われわれはそれを「私は見る」、あるいは「私は見た」と書き換える。こうして経験は構成される。いうなれば、これはフェイクなのだが、それによって経験はまとまりあがる。

ウィリアム・ジェイムズは、「われわれは悲しいから泣くのではない。泣くから悲しいのである」と喝破した。すでに百年以上も前のことである。情動に揺すぶられるとき、内臓感覚が呼び覚まされ、自律神経系が作動し、そして涙腺から涙が出ることによって、それは「悲しみ」という自分の感情になる。「悲しい」は、生理的反応に先行されているのである。われわれが真に揺すぶられるとき、感情は遅れてやってくる。私は天使のような歌声を不意に聞いたことがあるが、その時、私は自分の視界がにじんでいることにうろたえ、しばらくして涙が出ていることに気づいた。そして私は感動していたということを知ったのである。小林秀雄は「モオツァルトのかなしさは疾走する。涙は追いつけない」という名言をト短調弦楽五重奏曲（K.516）について残したが、事情は逆である。悲しみは涙に追いつけないのである。

パスカルは、信仰への疑念に苦しむ人に対して、まず祈るように諭したという。神を信じるがゆえに祈るのではなく、祈るというプロセスの中から、信仰が立ち上がるのである。身も蓋もないことを言えば、初めから信じていれば祈る必要もないだろう。

神経科学（脳科学）の領域では、すでに数十年も前に、こうした意識の遅れに関する知見が、ベンジャミン・リベットの実験によって提示されている。リベットの実験は主に二つある。一つは、意志と行動に関するものである。被験者は、シンプルな動作をできるかぎり自発的に行い、そしてどの時点で意志を発動したか報告を求められる。そうすると、報告された時点よりも約〇・三五秒先行して、すでに脳に電位が立ち上がっていることが認められた。つまりわれわれが思うより前に、脳は作動していたのである。

いま一つは知覚に関する実験である。ある知覚が成立するには、感覚刺激の信号がそれに対応する脳の部位に到達して、そこで誘発電位の活動が約〇・五秒以上続かないと、刺激は意識に上らない。これだけでも大変な所見であるが、それに加えて、驚くべきことに、被験者は知覚が生じた時点を、ほぼ刺激が脳に達した時点であると報告したのである。つまり、〇・五秒という信号の処理のプロセスはなかったことにされていたのである。

リベットの実験結果は、かなり長い間、黙殺されてきた。とくに衝撃だったのは、意志が脳の電気活動に先行されていることだったようである。その気持ちはわからなくもないのだが、逆の場合の方がより深刻ではないだろうか。意志はいかにして脳を動かすのかという古典的な袋小路に迷い込んでしまう。

それより重大なことは、意識が遅れを取り戻していることである。遅れはなかったことになっているのである。どうしてそんなことが可能なのだろうか。

実は、われわれの意識は遅れることによって成立しているのである。この遅延は解消できない。だが、それをある意味で逆用しているのである。いうなれば、後出しであり、後付けである。気づいた時にはすでに事は出来《しゅったい》している。もはや取り返すことはできない。だが、それについて語ることは可能である。すでに到来した感覚刺激に対して、「私は見た」と構成することができるのである。つまり、遅れとは語るための、経験を組織化するための時間となっているのである。

遅れることとは、意識の条件になっている。遅れるからこそ、われわれは認識する。そこに書き換えるための余白を見出しているのである。意識は現実とピタリと一致することはない。そこには差異がはらまれている。

もちろん、意識は予期をすることができる。つまり未来を先取りする。だから遅れているばかりではない、といわれるかもしれない。たしかにわれわれは、要所要所で一歩先のことを予測してことに当たっている。だが、予測は外れるものである。少なくともピタリと一致することはあまりない。もしピタリピタリと一致したなら、気味が悪い。ただごとでは済まないような気がする。つまり、程度の差はあれ、外れることは織り込み済みである。

予測が概《おおむ》ねあたるような状況ももちろんある。たとえば単調な繰り返しの作業、慣れ親しんだ場所での習慣的な行動などは、予測するまでもないことかもしれない。しかしその場合、意識そのものが背景に退いていく。ところが、やり慣れたことをやり損ねたり、予測もしないことが起こると、にわかに意識は覚醒する。不意を突かれて我に返るのである。つまり、意識は流れの切断によって立ち上がり、しかるのちに、再び流れの中に潜り込む。

　では、叩き起こされた意識は何をするだろうか。まずは状況の確認である。何が起こったかを認識しようとするだろう。そしてすぐさま、なにゆえにそうした予期しないことが起こったのか、その理由を探索するだろう。これはもう習い性のようなものである。それゆえ他人が意外な行動をすれば、その動機が何かを突き止めようとするのはあたりまえである。

立ち後れる意識

　意識を呼び覚ますもの、それはたいていのところ、あまり歓迎すべきものではない。不意を打たれること、そこまでいかなくとも、予期しなかったことなど、何かよからぬことである。人間の「意識の不幸」というものがここにある。そしてその原因や理由が探索される。

　この習い性は、人の発達のごく早期にビルトインされている。赤ん坊が泣いているとする。それを聞いた母親は、なにゆえに泣いているのか想像する。熱がありはしないか、オムツが濡れているのか、眠たくてむずがっているのか。どうもそうではなさそうであり、やはりお腹が空いているのだろうとあたりをつける。そして授乳する。赤ん坊は乳首に吸いつき、勢いよく乳を吸い始める。しばらくして乳首をくわえたまま目を閉じる。しばらくすると思い出したように再び吸い始める。そうこうするうちに、赤ん坊は抱かれたまま寝息をたて始める。

　赤ん坊にしてみると、体内に言葉にならない不快な感覚が起こり、それに対する生理的な反応として泣いたのである。そうこうするうちに、母親から乳を与えられ、それとともに、あのえもいわれぬ不快な感覚は収まった。もし赤ん坊が口を効《き》けるとしたら、次のようにいうところである。

「ああ、そうか。僕はおなかがすいていたんだ」と。

赤ん坊はあらかじめ自分が空腹であるとわかっていて、助けを求めるべく泣いていたのではない。単に生理的に泣いていたのである。そこに乳を含まされ、不快が解消した。それによって、あのいやな感覚には理由があったことを知るのである。これがものごとには理由があることの原型である。そしてここに含まれる事後性が、気づき、つまりは意識に刻み込まれた「遅れ」である。

のちに成熟した意識は、原因から結果という連鎖を、知性の重要なカテゴリーとして実装するようになる。デイヴィッド・ヒュームが『人間本性論』のなかで、因果を「類似」と「近接」にならぶ連想の基本原理としたように、それは人間の本性（ネイチャー）のようなものである。ただし、プロトタイプは、因果ではなく、出来事からその原因、ないし理由を遡及する働きにある。「出来事にはわけがある」ということである。

たとえば母親の機嫌が悪い。いつになくイライラした様子である。黙って家事をしているが、話しかけても返事もしてくれない。これにはわけがあるはずである。たいていの場合、子どもなら、自分が何か機嫌を損ねるようなことをしたのではないかと思う。この性癖はなかなか根強い。割に合わぬ話である。だが、見返りがないわけではない。自分のせいで母の機嫌が悪くなったとすれば、それは母が自分に関心があるからである。まったく意に介されないより、はるかにましである。それに、自分は母の機嫌を損ねるくらい力があることにもなる。こうした理不尽な責めを負うことが、「主体」であることのなかには含まれている。

もう一つ重要なことがある。授乳の場面を思い起こしてみよう。赤ん坊は、乳を含まされて、自分の中に沸き起こった不快な感覚が、「空腹」というものだったと事後的にわかる。ということは、この一連の過程が首尾よく終わるためには、乳を与える母親、つまりは他者が不可欠だということになる。赤ん坊一人で解決するのは到底不可能である。無力のまま、絶望の淵に捨て置かれることだろう。

もちろん、いずれ子どもは「お腹がすいたよう。ごはんちょうだい」などと言えるようになるだろう。だが、事の因果を初めに設定したのは他者である。それも自分についてのことである。つまり、母はボクのことをボクよりもよく知っていたわけである。それゆえ、われわれの意識の中には、自分よりも自分のことを知っている他者がいるという構造が設定されている。

もちろん、母親の介入は、彼女の赤ん坊への想いに基づくものである。こうした関心、あるいは想像力といったものが、無償の贈与として与えられることにより、子どもはいずれ経験を自分のものとして主体化できるようになる。ただし、意識の核心に他者の痕跡があるという構造に変わりはない。話を少し先取りすることになるが、精神の危機に際して、この他者が意識の周縁に、あるいはそのさなかに、姿を現わすことが起こりうる。その時には、かならずしも他者は身近な他者であるとはかぎらないのである。

出来事が起きる。それに対して、意識はつねに立ち後れる。この遅延は意識が意識であるための条件のようなものである。そして断ち切れかかった因果の連鎖を繕《つくろ》おうとする。そして出来事が例外的であればあるほど、「何か原因があるはずだ」という思いに駆られ、原因を探索する。他人の行動なら、理由を求め、動機を追求する。

なにゆえにそこまで動機を求めるのだろうか。まずは、落ち着きたいからである。動機のわからぬ行為は不気味である。そしてわれわれの意識の初期設定には、動機は誰かが知っているものだというプログラムが書かれている。だから動機はあってしかるべきなのである。

だが養賢の行為に動機はない。その点において、彼は真率であった。調書の段階でも、「美に対する嫉妬の考へ」といいつつ、本当のところはわからぬと言い、公判でも、調書の内容をすべて肯定しながらも、動機だけは「真と云えば真、真でないと云えば真でない」と留保している。何かを隠そうという素振りはみられない。養賢はまた、鑑定でも真率な態度を貫いた。鑑定医の三浦百重のいささかムッとしたような反応が、書面から伝わってくる。

人が真実を述べる時、その者は狂人とされる。真実は耐え難いものであり、多くの者は妥協して、動機を捏造する。取り調べから公判、そして鑑定と、動機を求める強い磁場にありながら、養賢はその流れに身を委ねることはなかった。いったん身を委ねたら、おそらくはその時点で、真実は他者の手に明け渡され、分裂病の症状が幕を切って落とされたであろう。彼が発症の最初の兆候を示したのは、結審したあとである。

動機とは、あくまで経験の舞台の上にある。それは経験を組み立てる道具であり、部品である。それによって人は落とし所を見出す。しかし養賢において、問題は舞台そのものである。いつのまにか舞台そのものが沈下していたのである。彼の憂鬱症とはそうしたものだったのである。そこでは、動機は次第に経験を構成するものとしての効力を失う。行為は徐々に無動機となり、因果に回収されない実存そのものが浮上する。

金閣を焼くことに動機はない。金閣を焼くこと自体が目的なのである。動機はあとから造られる。

林養賢の最終診断は、精神分裂病（統合失調症）である。ある程度経験を積んだ精神科医が資料に目を通せば、ほぼ間違いなくそう見立てるだろう。

だが、そうしたところで、何ほどの意義があるだろうか。「緑なす世界の消息を、灰色の精神医学の目で見たもの」（西丸四方）にすぎない。この未曾有の兇事を病のなせる業としたところで、せいぜいのところ、世上の人々を安心させ、この病に対する偏頗《へんぱ》な見方や恐れを助長するに過ぎないだろう。あるいは少なからぬ人にとって、反発や憤りを招くものともなろう。そうではなく、この兇事は、分裂病という病の真実を、その極北において示すものなのである。

もちろん、どのような事例も単なる一例などではない。だが、金閣放火において、われわれは純粋な狂気が開示される一瞬に立ち会う。その点において例外的であり、特権的な事例なのである。同時に、そこには人間の実存というものにはらまれた深淵が顔をのぞかせるだろう。私は一貫してこの立場を踏襲する。そうでなければ林養賢は浮かばれない。

「分裂病」の消滅

　本書では「精神分裂病（分裂病）」という当時使われていた病名を用いる。周知のように、わが国では、分裂病は二〇〇二年に呼称が変更され、現在では「統合失調症」と呼ばれている。ただし、欧名であるschizophreniaが変わったわけではない。変更のおもな理由は、「分裂病」に対する偏見である。ただし、この偏見は日本に限ったことではない。

「分裂病」という病名を背負うことは、場合によっては罹患したこと以上に、その当事者に不利益をもたらす。まさに「この病を受けたるの不幸のほかに、この名を付けられたるの不幸を重ぬるものというべし」である。

　にもかかわらず、あえて「分裂病」という名称を用いるのは、養賢が生きた時代、この病名が用いられていたからである。おそらく彼自身は告知を受けてはいないだろう。だが、当時の世相やこの病をとりまく雰囲気を少しでも肌で感じるためには、「統合失調症」ではどうにも勝手が悪いのである。

　普通に考えれば、精神分裂病であろうと、統合失調症であろうと、病の本体は同じである。単に名前が変わっただけである。そうだとすれば、余計な偏見を招く名称を用いるべきではないと言われるかもしれない。

　こうした健全な考えには、名は単なる名であり、名を変えたところで、名付けられたものを何も変えるものではない、ということが前提にされている。だが、本当にそうなのだろうか。名付ける対象が元素のようなものであれば、そうかもしれない。名によって物性が変化するわけはなかろう。では、商品名や社名を変更する場合はどうだろうか。看板を変えたところで中身が変わるわけがないかもしれぬ。だが、それならなぜ変えようとするのだろうか。

名付けるということには、それによって対象を切り出す呪術的な力がある。まずものがあって、それに名を付けるのではなく、名付けるとともに対象が象《かたど》られるのである。幼き日、言葉を習得するとき、われわれはみなそうして世界を構成してきたはずである。

この命名の力がもっとも強烈な力を振るうのは、われわれ人間個体に対してである。われわれは誕生とともに、名を付けられ、そして戸籍に登録される。そうでなければ世の中の一員とはみなされない。見知らぬ同士が出会ったとき、まずはお互いに名乗ることから関係は始まる。あるいは、名前とは異なるが、ちょっとした肩書きが変わっただけで、何か自分が偉くなったと勘違いしたり、責任の重さを感じたりもする。年齢もまた似たような力をもつ。誕生日の朝を迎える。齢を重ねると、憂鬱な一日である。昨日から一日たっただけなのに、一夜明けて、一歳老けたように思ってしまう。

このように命名は、「個」あるいは「個体」というものに強く関わっている。そしてこの個体化を迫る社会の力を最も強烈に感じていたのが、分裂病を病む人たちであった。彼らは社会という得体のしれぬ他者から呼びかけられ、それを聞いてしまったのである。

呼称変更の理由の一つには、分裂病という病名が告知困難であるということがあった。この病にまとわりついた悲観論や偏見が払拭されないかぎり、患者には告げられないということである。だが、それ以前に、病名告知ということに含まれる命名する力が、彼らに対してきわめて侵襲的だったのである。それをどこかで感じていたからこそ、告知はためらわれたのである。

統合失調症に呼称が変わってから、告知は容易になった。今はむしろ、もう少し心配りをして告知してはどうかと懸念されるくらいである。ということは、やはり命名という行為ではなく、「分裂病」という名前が悪かったからではないかと言われるかもしれない。それはいくらかあるだろう。だが、より重要なことは、あれほどまでに人を呪縛した名称が、付け替え可能であるということが示されたことにある。もはや命名が、かつてほど大きな力をもつ時代ではないのだ。推進した人たちの意図はともかく、呼称変更の最大の功績はここにある。

「統合失調症」という病名のもつ命名の力は弱い。近代社会の中に潜む呪術的な力は確実に衰弱し、人を分裂病に追いやる力は、幸いなことに、今やずいぶん遠のいた。

養賢の発病

養賢の分裂病症状が顕在化したことが資料の上で確認されるのは、昭和二十六年二月頃である。刑が確定し、加古川刑務所に移管され、まもなくのことである。その後移管された八王子医療刑務所や釈放後の京都府立洛南病院の記録を通覧すると、養賢の病状が進行し、解体していく経過をたどったことが示されている。いたましいことだが、これはこの病の一部にみられる典型的な経過型である。

一九一一年にこの病を初めて概念化したスイスの精神科医オイゲン・ブロイラーによると、分裂病の予後は三分の一が治癒し、三分の一が再発と寛解を繰り返し、残りの三分の一が進行性の経過をたどるとされている。それは現在でもおおよそ妥当する。だが、養賢が生きた時代は、より悲観的な予後予測が支配的であった。

加えて、養賢には、結核もあった。当時、もっとも偏見の対象となった精神と身体の重篤な疾患を、養賢は満身で蒙《こうむ》っていたことになる。

医学の経験則には、通常、人は重篤な病を複数かかえることはないということがある。古くはトゥルーソー（Trousseau）の法則と呼ばれ、「新しい傷は古い傷を軽くする」といわれる。

精神科の病気に関していえば、重い身体の病を発症したり、大きな怪我をした時には、病状は軽快する。場合によっては治癒することもある。おそらくは身体的なクライシスに際して、生体のもつ自然治癒力が発動するのだろう。わが身を大切にするということが自然ないとなみとして行われるだろうし、普段は他者からのかかわりを拒みがちな人も、身体のケアならば受け入れやすい。

二十世紀前半に開発されたショック療法の発想には、こうした臨床知がその背景にある。マラリア療法はマラリアの弱毒株を摂取することによって、人為的に高熱をもたらすものであり、副産物として進行麻痺への効果をもたらした。梅毒スピロヘータが熱に弱かったのである。インシュリンショック療法は、インシュリンの注射によって、患者を低血糖による昏睡状態に一旦陥らせ、そこからグルコースを投与して覚醒させるというものである。電気けいれん療法は、分裂病とてんかんの合併が少ないという当時の知見から考案された。

だが養賢の場合、分裂病も結核も進行性の経過をたどった。病の苛烈さを感じざるをえない。そして最後は結核によってこの世を去ることになる。

養賢の分裂病症状が記録上明らかになるのは、犯行から約半年たった時点である。では、それ以前の養賢はどうだったのだろうか。とりわけ気になるのは、犯行時の状態である。もしかしたらその時点で養賢は発病していなかったのではないか。そう考えてもおかしくはない。公判中に行われた精神鑑定では、明白な分裂病の症状は認められないとされた。

実のところ、こうした経過は、稀なものであるが、同時に、一つの典型でもある。分裂病は、その前駆期において、つまりは症状が顕在化する手前において、もっとも唐突な行為へと突き抜けるポテンシャルをもつ。その典型が自殺であり、稀に殺人である。それには動機がない。徹底的に「無動機」である。それゆえにこそ、震天動地、人々の耳目を驚かせるものとなる。

通常は、こうした地点まで突き抜ける手前で事例化する。たとえば、本人の言動にほころびが起き、いつものように生活を営むことが次第に困難となる。周囲の人々は、普段とは異なり、尋常ならざる何ごとかが起きつつあることを感じ取る。早晩、この内包された狂気は、社会というフレームにぶつかり、そこで像を結ぶ。それが「症状」というものである。その代表的なものが、幻覚や妄想である。

ところが、特異な状況のもとで、あるいはいくつかの偶然の重なりによって、幾重にも降りかかるフレームをすり抜け、ひそやかに病がインキュベートされる場合がある。あるいは、周囲が気付かれぬほどに、ゆるやかな経過をたどることがある。その時、狂気のポテンシャルは極大にまで充満し、不意にカタストロフへとなだれ込むことになる。

分裂気質・分裂病質・分裂病

金閣放火に関する精神医学的資料として残されているのは主に次の二つである。一つは、当時の京都大学医学部精神医学教室主任教授三浦百重による精神鑑定書であり、今一つは養賢が釈放後に収容された京都府立洛南病院の担当医であった小林淳鏡による論考「金閣放火僧の病誌」である。

三浦百重による精神鑑定の結論部分については、プロローグですでに紹介した。それによると、養賢は病気（分裂病）ではなく、軽度の性格異常（分裂病質）であり、犯行はそれによる強い思い込み（病的優越観念）によるものである。

専門外の人にとってわかりにくいのは、「分裂病」と「分裂病質」の差異だろう。「分裂病質」とは、ドイツの精神科医、エルンスト・クレッチマーの提唱した性格概念である。クレッチマーは人間の性格類型を、当時三大精神病と呼ばれた分裂病、躁鬱病、てんかんと関連づけ、それぞれ、「分裂気質」、「循環気質」、「類てんかん気質」とした。これらは体型と相関し、分裂気質は細長型、循環気質は肥満型、類てんかん気質は闘士型（筋肉質）が多いという。ちなみに「分裂病質」は、「分裂気質」と「分裂病」の中間に位置する。わかりやすく図式化すると、次のようになる。

分裂気質　↓　分裂病質　↓　分裂病

クレッチマーの発想の根底には、正常と病気の間には明確な境界はなく、連続したものであるという考え方がある。ごくありふれた分裂気質から、それが偏奇した異常性格としての分裂病質、さらに疾患としての分裂病までがスペクトラム（連続体）をなしている。言い換えるなら、分裂気質という性格を極端にしていけば、分裂病質から、さらには分裂病に至るというものである。

この理屈にはかなり無理がある。確かに分裂病に罹患した人の病前のあり方として、分裂気質的な人が多いとは言えそうである。だが、必ずしもそこから分裂病質を経由するわけではない。むしろかつての分裂病の病前性格の定番は「素直で手のかからぬ子」であった。養賢の場合もそれに当てはまる。ただし途中からは頑《かたく》なに転じ、むしろ分裂病質に近いといっていいだろう。重要なことは、分裂気質にせよ分裂病質にせよ、それらはあくまで性格類型であり、その延長線上に分裂病があるわけではないということである。その間には断絶がある。

もう一つ問題点を指摘するなら、クレッチマーの筆は、分裂気質に対して好意的ではないということがある。より常識的で社交的な個体が多い循環気質に共感を示すのとは対照的である。たとえば「激しい乱暴さを示したり、刺すように皮肉だったり、軟体動物のように内気だったり、音もなく引込んでいたりする」などと書かれている。

ただ、こうした難点はあるものの、記述概念としての分裂気質および分裂病質は今なお臨床的な価値を失ってはいない。分裂気質とは、外界に対して、とりわけ人に対して、心的距離を長くとる人たちである。彼らに相対すると、その存在は遠く感じる。一見して何を考えているか、容易にはうかがい知れない。

三島由紀夫と分裂病

三島由紀夫の『鏡子の家』（昭和三十四年刊）には、彼の分身とおぼしき四人の青年が登場する。いずれも三島のナルシシズムのヴァリアントであり、分裂気質とは一線を画する。ただ、四人の中で、画家の山形夏雄はやや例外的な存在である。二つの類型が交錯する地点に位置付けられ、分裂気質を理解する上で参考になる。

（……）夏雄は、決して逞《たくま》しい生れつきというのではなかったけれども、病弱な衰弱した血の表われのような生いたちでもなかった。（中略）世間的な目からみれば、彼は「幸福な王子」の種属であった。まことにのびのびと育ち、その育ち方に、精神分析医の嘴《くちばし》を容れられるような材料は何もなかった。

しかし、どこかしら、兄弟のなかで彼一人はちがっていたのである。両親はその微妙な較差の性質がつかめなかったので、永いこと恐怖に似た感情で彼を見戍った。それにしても夏雄はまことに心のやさしい息子で、その上末っ子で両親にも兄や姉にもこよなく愛され、自分がどこがちがっているかを自分自身にも感づかせないように育てられた。こうして当然のことながら、一人の自覚のない芸術家が誕生した。これは病気のうちでももっとも警戒すべき、自覚症状のない病気に似たものだった。

山形家のような一族、まったく市民的な家庭から、どうして芸術家が一人忽然として生れて来たかは、解きがたい謎であった。あたりの物象に何ら注意を払わず、ひたすら社会と人間との関係に生き、そう生きることに何ら疑いを抱かずにいる人々のあいだに、ただ眺め、感じ、描くために生れついたような人物が出てくるとは！　これは事実、親戚一同の尽きせぬ話題になったが、結局は才能という便利な一言で片附けられた。

「幸福な王子」夏雄は、ナルシシズムの純粋培養のような存在である。そこには三島の見果てぬ夢が投影されている。分裂気質と共通するのは、心的距離が「微妙な較差」として、脆さを内包しているところである。夏雄には自覚がなく、心的距離は夏雄にとって「恩寵の皮膜」である。この繭の中で豊かな空想が育まれる。その佇《たたず》まいに接した人々は、不用意に接近することをためらうだろう。敬して遠ざけられることにより、夏雄の世界が侵害されることはない。だが、そのつかみどころのなさを、両親は恐怖に似た感情で見守っていた。

多くの分裂気質は、傷つきやすい内面をもつ。それがむきだしになっていることもある。そうなると、世を渡るためには繊細に過ぎ、放浪、酒精《アルコール》依存、さらには自死にいたることも稀ではない。大多数は、それを守るために硬い外殻を身にまとっている。敏感と鈍麻が同居しているのである。クレッチマーはこうしたあり方を「木陰の少ないローマの家々や別荘がぎらぎらする陽差しに鎧戸《よろいど》をおろしてしまったようなもの」であり、「そのおぼろな部屋の薄あかりの中では、祭が祝われているかもしれないのだ」という。

分裂気質の歪《ゆが》んだあり方が分裂病質である。傷つきやすさに対する過剰防衛が独特の印象を与える。人を避け音もなく引きこもっていたり、妥協を許さぬ理想家であったり、怜悧な利己主義者であったり、うんざりさせるような皮肉屋であったり、暴君的な支配者であったりする。

養賢がクレッチマーの分裂病質に該当するかと言われれば、蓋然的にはそういってもよいかもしれない。分裂気質が背景にあることは確かだろう。そこに少年期から青年期にかけての様々な要因により、いくばくかの偏奇が加わって分裂病質が形成されたというのが三浦の見立てである。ただし三浦鑑定書において、養賢が分裂病質であるか否かは、積極的な意味をもつものではない。主眼は「分裂病ではない」というところにある。つまり精神の病ではないということが要諦である。というのも、精神鑑定に求められるのは、つまるところ、責任能力の有無に関して司法的な判断を下すために必要な医学的見解だからである。

このことは、鑑定書を一読すれば専門家でなくてもわかることである。だが、縷々《るる》説明したのには訳がある。というのは、先に引用した『金閣炎上』において、水上勉は分裂病質を分裂病と混同しているからである。そして養賢のとった行動を分裂病のなせるわざとすることへの強い憤りが随所に綴られている。水上がこの作品を書いた動因の一部は、こうした読み違えに由来している。

ところで、『鏡子の家』の夏雄は、彼の作品が受賞し、世間の耳目を浴びるようになった後、不意に投げかけられた批判の声を聞き、発症する。

ある時、彼が戸外でスケッチをしていると、一見して美術大学の学生だということがわかる四、五人の若い男女が背後を通りすぎる。

> （……）不自然な無言のまま、一人が口笛を吹き、夏雄の背後に全部の靴音がやや遠ざかったように思われたとき、夏雄は女の囁《ささや》き声が、山気の透明さのせいか、いやにはっきりと耳立つのをきいた。
>
> 「あれ、たしか山形夏雄だわ。売り出したと思って、いい気なもんね」
>
> 夏雄はわが耳を疑った。この種の言葉を人の口からきいたことがなかったのである。
>
> 自分が傷つくよりも先に、彼を愕《おどろ》かせたことは、何一つ悪いことをしないのに、自分の些細な名声が世間のどこかであの若者たちを傷つけていたという発見である。
>
> この若者たちに、自分が確実に愛されていないという思いは、大袈裟にいえば一種の失寵のように彼の心に響いた。
>
> 「或る人は僕を愛さない！」……この愕くべき事実。それでいて、彼を本当に愕かしたのはこの

事実そのものではなかった。そんなことは以前から百も承知であった筈《はず》なのに、百も承知であった筈のものに、これだけ愕かされたということが、彼を二重に愕かした。あの娘の、山気をよぎってひびいたほんの一言の生温かい声のために、彼と外界との構図は潰《つい》え、遠近法は崩れてしまった。

もちろんこれは創作である。ただ、ここに示されたように、不意を突く一撃が、分裂気質の心的距離を崩壊せしめることは、ありえぬことではない。とりわけ夏雄のように無防備なタイプに多い。実際にこうした形で発病した事例は、これまでに何例か経験したことがある。その一例を以下に示す。

四十歳の男性。入院して二十年以上経過している。毎週のように自宅に外泊を繰り返しているが、退院する話が出ると、にわかに病状が不安定となる。

老いた母親が語るには、もともとは裏表のない、素直で元気な子どもだったとのことである。高校二年のある時、教室で誰かの体操着がなくなるという事件があり、ホームルームで取り上げられた。教師が粗忽《そこつ》にも、「Ｗ（患者の名前）、お前がやったんじゃないか？」と冗談めかして言ったところ、彼はにわかに席をたって帰宅した。家に戻ると、風呂の水をぶちまけ、「大人には裏表がある」と吐き捨てるように言い、翌日から登校せず、家に引きこもった。

一年後、Ｗが精神科に連れられてきた時には、明らかな分裂病症状を呈していた。

三島が分裂病について学んだのは、主にミンコフスキーの著書を通じてである。知人の奥野健男の勧めによる。ミンコフスキーの『精神分裂病』（一九二七）は本格的な精神病理学のモノグラフであるが、ある程度の読解力があれば、門外漢にとっても格好の入門書となる。三島の分裂病に対する筋のよさの一部は、そこに由来している。

ミンコフスキーの分裂病論の要諦は、「現実との生ける接触の喪失」という文言に集約される。それはベルグソンのいうエラン・ヴィタール（生の躍動）から乖離した様態である。生き生きとした現実感が失われ、それを代償するための病的幾何学主義（硬直した知性的態度）が突出する。

ミンコフスキーの分裂病理解は、クレッチマーよりはるかに共感的である。そのベースには、環界と共振しないという分裂気質の概念がある。それと病である分裂病の間の断層が必ずしも明らかではないことは、クレッチマーと共通する難点である。分裂気質とは、人の環界に対する一つの原理であり、誰しもが幾分なりとも持ち合わせているものである。病とは異なる。その延長線上に分裂病があるわけではない。

ところが三島は、クレッチマーやミンコフスキーが看過している気質と病の間に横たわる断層を、作品のなかでとらえている。そしてそれを作家の想像力をもって、恐るべきほど劇的に描き出したのである。

山気をよぎって夏雄にひびいた女の生温かい声、それは現実の声なのだろうか。素直に読めばそうである。だが、この言葉を聞いたその瞬間、夏雄は狂気の世界に突入しているのではないだろうか。彼にとって、現実のものとは思えぬ声が聞こえたのである。しかしそうでありながら、現実以上にリアルなものとして、それは自分の脳髄深く飛び込んできた。もしかしたら幻覚だったのかもしれない。ということは、その前から病気だったのだろうか。そんなことはないはずである。だが、もはや声は過ぎ去っており、確かめようがない。

ここでは、「出来事に遭遇し、それにショックを受けた」というような日常的な因果は結ばれない。直線的な時系列は潰《つい》えている。いうなれば、それに直交するような垂直の時間、アポカリプスである。そこではすべてが反転する。何も悪意なく生きてきたはずなのに、自分という存在は人を傷つけてきたのだ。その時、彼の存在は一挙に浮き上がる。もはや隠れて生きることはできない。いたるところから視線が注がれるだろう。

「売り出したと思って、いい気なもんね」という一言は、主体化できない声として夏雄に取り付くだろう。彼の意識はそれに追いつけない。行くところ行くところで、声は先回りしてくるだろう。

作家の想像力の羽に乗って、いささか敷衍《ふえん》しすぎたかもしれないが、三島は見事なまでに純粋な狂気の瞬間を描き出している。そこはまだ本格的な症状形成の手前である。そして養賢もまた、犯行当時、症状の手前にいた。

症状の手前

精神鑑定で焦点となったのは、放火の前にみられた養賢の被害感（迫害されているという考え）の性質である。つまりそれが病の症状かどうかである。

鑑定書には、「自分ハコウ云フ陰険ナ性質デハ……金閣デ皆ニ嫌ハレテマシタ、蔭デ色々批評サレタリシマシタ」、「オ師匠ハ、親切ニヤッテ呉ル様デ、何カコウ奥歯ニ物ガ挿《はさま》ッタヨウデ」とある。供述調書にも「一、私は寺の中で狂人扱いされている様な主観的考を持ったこともありました」とあり、三浦はこれを「優越観念」として、分裂病に由来するものではないと判断している。三浦自身の説明によると、優越観念とは、些細なことが原因となり、ある一定の観念ないし観念群が異常な重要性を帯び、他の観念を押しのけて、思うまいとしても思い出され、取り除きがたくなり、自分でも制御できないものとなるといった類《たぐい》のものである。

当時、学業を放擲していた養賢が、「皆に嫌われている」、「蔭で色々批評されたりしました」と感じたとしてもおかしくはない。分裂病の被害念慮の場合には、むしろ誰とも特定できない者が、蔭でこそこそ暗躍し、悪口を言ったり、自分を陥《おとしい》れようとしているが、尻尾をつかませない。多くはそのような形をとる。妄想に結実する場合には、理屈抜きに、直証的に確信する。人が自分に悪意をもっているのは、自分が判断する以前に、そうと決まっている。郵便ポストが赤く見えるのと同じように、既成事実のように与えられるのである。そして、そうした確信がありながら、同時に、患者は「そんなはずはない」とうろたえている。その意味では、通常の（汎化した）分裂病症状はなかったとみなしてよいだろう。

微妙なのは、「オ師匠ハ、親切ニヤッテ呉ル様デ、何カコウ奥歯ニ物ガ挿ッタヨウデ」というところである。これは慈海の人柄を反映したものと言えなくもない。ただ、分裂病の始まりにおいて、人の言葉に裏があるように感じ、その端々で何かをほのめかしているように受け取ることはしばしば起こる。そうしたことがありながら、養賢は表に出す事なく、心中に留めていたのかもしれない。

仮に養賢が、こうした事態が明確な症状に結実する前の分裂病の純粋なポテンシャルのさなかにいたとしたら、ここではどのような事態が起こっていたのだろうか。それは杳《よう》としてわからない。そもそも言葉にはならないだろう。通常の文法におさまるようなものではない。それを承知で、あえて言葉にしてみるとどうなるだろうか。一つの可能性を示しておく。

「もしかしたら、お師匠は、自分の秘密を握っているのかもしれない。自分がとんでもないことを企んでいるのを見抜いているのかもしれない」。

この場合、「とんでもないこと」とは何だろうか。それは本人にもわからないことなのである。ここで重要なのは、自分に或る明確な意思、あるいは考えがあり、それが見抜かれる、というのではない、ということである。自分にもわからない自分の秘密が握られているのである。それが何であるか、仄《ほの》めかされることはあっても、明示されることはない。その時、他者は次のように言うかもしれない。

「お前は知っているはずだ。自分自身に問うてみよ！」

ここで語りかけてくる他者は、もはやお師匠ではなく、その姿を借りた超越者である。

仮にある瞬間、養賢にふと「金閣を焼く」という考えが浮かんだとしたならばどうなるだろうか。間断なく意識下で沸き起こる想念のなかに、そのようなものは当然紛れ込んでいることだろう。おそらくそれは次のようなものになる。

「そうか、自分は金閣を焼こう思っていたのだ！」

「そのことを、あの男は知っていたのだ」
「ならば一刻も早く焼かなければならぬ」

これは一瞬のなかに折りたたまれた狂気を繰り広げ、再構成してみたものである。犯行前の養賢は、いわば宙吊りの時間のさなかにいた。そこでは意識がその遅れを利用しつつ、出来事をとりまとめ、自分の経験として紡いでいくという日常的な流れは作動していない。静かに緊張が充満し、それが極点に近づきつつあった。何かの弾みの一突きで、雪崩《なだれ》をうって行為が発動し、おのれを滅ぼすであろうことを、彼は予感していたにちがいない。身辺を整理し、済ますべきことを済ませ（登楼）、死の準備をし（小刀・カルモチンの購入）、アポカリプスの到来に備えた。彼は「症状」が作られる手前に留まり続けたのである。

分裂病はすでに復路である

症状とは病気の兆候、しるしである。それによって、人は病んでいることを自覚し、医師は医学的な診断を下す。

他方、症状は回復のいとなみでもある。炎症反応は、痛み、発赤、浮腫をともなうが、同時に血流を増大させ、組織の修復を促す。感冒への解熱剤、下痢に対する止《し》瀉薬《しゃやく》はかえって回復を妨げるという。最近の傷の手当て（湿潤療法）では、消毒液もガーゼも使わない。汚れをしっかり落としたあとはラッピングしておく。

精神の病に関しても事情は同じである。症状は異質なものであり、恐ろしくもあり、苦痛でもあるのだが、正体不明のとらえどころのない不安や恐怖におののくよりは、まだましである。他人にも伝えられる。自分と切り離して客観視ができる。そして回復の指標にもなる。それは分裂病においても同様である。幻覚や妄想がある事例の方が、症状のとらえどころの難しい事例よりも、経過がよいことが多い。病が局在化されて、人格全体に侵食することを免れる。

仮に、養賢の抱えていた狂気のポテンシャルが「症状」というものに結実したならば、どのようなものになっただろうか。それは「私は金閣を焼くよう、何者かに操られたのです」（作為体験）、「金閣を焼くという考えを吹き込まれました」（思考吸入）、「「焼け」と命令する声が聞こえてきたのです」（幻聴）などといった典型的な分裂病の症状だったかもしれない。

意外に思われるかもしれないが、この場合には、おそらくは行為には至らないか、あるいは不発に終わっただろう。というのも、このように陳述可能な形で症状がある場合、本人はそれを認識しており、すでに狂気は対象化されているからである。それによって、行為へのポテンシャルは減圧されている。

しばしば重大な犯罪が、病的症状によって引き起こされたといった報告がなされる。そのようなケースももちろんある。たとえば覚醒剤中毒の追跡妄想による犯罪などは一つの典型だろう。

だが、分裂病の症状は事後的に形成される。そもそも「症状」というものは、単独で存在するものではない。それを語る相手、それを聞き取る相手がいる。さらにいうなら、聞きだされることによって存在を獲得する。もちろん、時間の経過とともに、症状が安定した形をとって、患者の中に住みつくことはある。だが、症状とは他者との間で、さらにいうなら、制度との間で作られるものである。

このことを理解するのに、「シュレーディンガーの猫」のたとえが役に立つかもしれない。これは量子力学を理解するために作られた思考実験である。

密閉したボックスの中に猫が閉じ込められている。そこには一定量のラジウムとガイガーカウンター、そして青酸ガスの発生装置が置かれている。ラジウム原子がアルファー崩壊を起こし、それをガイガーカウンターが検知すると、青酸ガスが発生し、猫は死んでしまう。かりに、アルファー崩壊を起こす確率が五〇パーセントに達した時点で、発生装置の電源を切ったとする。

普通に考えれば、猫が生きている確率は五〇パーセントである。猫が生きているか死んでいるかは、ボックスの扉を開ける前に決まっている。だが、量子の世界では、生きている猫と死んでいる猫が、ボックスの中で一：一の割合で重なり合っている。扉を開けてみて、初めて生きているか死んでいるかのどちらかに確定する。

つまり観測という行為が、対象を確定する。症状もまた、それを観測すること、聞き取ることによって象《かたど》られる。

たとえば、救急医療の現場では、不幸にも、飛び降りによって自殺を試みた分裂病の事例に遭遇することがある。その場合、判で押したように、幻覚や妄想などの病的な症状によってそうした行動にいたったという説明がなされがちである。

そこには、「物事には必ず理由があるはずだ」という、生まれて間もない頃にビルトインされたわれわれの根深い思いがあり、それが症状を作り出すのにあずかっている。因果関係の設定というオペレーションが、原因としての幻覚や妄想を事後的に作り出している。

　患者にとってみれば、この「理由があるはずだ」という医師の素朴な思い込みは、「自分の知らない秘密をこの人たちは知っているのだ」という不安、さらには確信という形で伝わるだろう。仮に、医師がそこで不用意にも「何か声のようなものが聞こえてきたの？」ときくと、「ああ、そういうことだったのだ」と、患者の中で、行為の時点では現前しなかった出来事が事後的に生成することになる。急性期の分裂病の症状の多くは、こうした磁場の中で析出してくる。

　もちろん症状は捏造《ねつぞう》されたものであるなどといっているのではない。それは他者や制度というフレームに遭遇して、はじめて姿を現わすものである。そのフレームの代表的なものが医療であり、そこで学術的なタームに変換されて症状となる。ただ、多くの場合、医療に遭遇する以前に、すでに患者は社会の中で、さまざまなフレームとぶつかり、症状を産出する。

　その手前にある、いまだ形をなさないアマルガムのようなもの、狂気のポテンシャルは、症状によって減圧される。分裂病が分裂病として姿を表した時には、すでに折り返し地点を過ぎている。復路に入っているのである。

　養賢に胚胎した狂気のポテンシャルは、さまざまな偶然が重なり、制度的なものをすり抜け、極限まで突き抜けてしまった。もはや動機や理由によって回収できないところに彼は迷い出てしまったのである。

　では養賢はどこで折り返したのだろうか。火をつけた時、最上階の究竟頂《くきょうちょう》で金閣とともに死のうという考えが彼に起きた。そこで彼は二階に上がろうとしたが、鍵が開かず、火が勢いよく吹きあがってくると、恐ろしくなり、金閣を飛び出し、大文字山に駆け上った。彼の狂気の道行は、扉が開かなかったがために、究竟頂の中で焼け死ぬという形で完遂しなかった。炎が恐ろしくなった時、彼は我に返ったのである。その時点から、彼の復路が始まる。

この反転は、三島の『金閣寺』でも、ほぼそのまま踏襲されている。ただし、二階の潮音洞をくぐりぬけ、いよいよ究竟頂に入ろうとした時に拒まれるとして、より劇的な効果をもたせている。

扉は開かない。三階の鍵は堅固にかかっている。
私はその戸を叩いた。叩く音は激しかったろうが、私の耳には入らない。私は懸命にその戸を叩いた。誰かが究竟頂の内部からあけてくれるような気がしたのである。
（……）
ある瞬間、拒まれているという確実な意識が私に生れたとき、私はためらわなかった。身を翻《ひるが》えして階を駈け下りた。煙の渦巻く中を法水院まで下りて、おそらく私は火をくぐった。ようやく西の扉に達して戸外へ飛び出した。それから私は、自らどこへ行くとも知らずに、韋駄天《いだてん》のように駈けたのである。

『金閣寺』第十章

養賢は、司法や精神鑑定という強い制度との接触に際しても症状を産出しなかった。検事も精神科医も、彼にとっては「すべてを知っているかもしれない他者」として現れてもおかしくはない。だが養賢は、物語を作ることなく、事実だけを述べ、動機についてはわからぬという態度を貫いた。行為はすべて自分が行ったものであり、何らかの動機によるものでも、意志の自由を奪う精神の病にもよるものではないという。

すなわち、彼はただ焼いたということを真率に示したのである。それは零度の狂気とでもいうべきものであり、ほかの何ものにも帰すべきではない。

第3章　他者の影

養賢の沈黙

養賢に明確な症状が現われはじめたのは、犯行から約七ヶ月後のことである。この決して短いとはいえない時間、養賢はどのような思いで過ごしたのだろうか。その心中はいかばかりのものだったのだろうか。

分裂病の症状に「思考伝播《しこうでんぱ》」というものがある。文字通り、自分の考えが伝わってしまうというものである。他人は自分のことを疾《と》うにお見通しで、自分が何を考えているかを知っている。どの事例にも現れるというわけではないが、分裂病という事態がいかに途方もないものとなりうるかという意味で、核心的な症状である。

診察場面で、患者が「自分の考えが伝わってしまう」というとき、その言葉は医師によって症状とみなされる。そして病気であることの根拠として、医学のなかに登録される。いうなれば患者の言葉はそこで盗まれるのである。

とはいえ、実際の臨床場面で、「考えが伝わってしまう」という患者の言葉を聞くとき、医師は、そこに何か圧倒的な異様さを感じとっている。だからこそ、症状としてみなすのである。その言葉に立ち会う者は、それを戯言《ざれごと》とも比喩ともみなさない。裏に何が表現されているのか、それによって、何を伝えようとしているのかといったことさえも考えない。そのものとして、まさに言った通りのものとして受け取らざるをえないのである。権威的だった時代の精神医学でさえ、「考えが伝わってしまう」を妄想には分類しなかった。字義通りに「思考伝播」と命名しているのである。そこには勝手な言い換えを許さない圧倒的な力がある。

では、思考伝播において、患者は自分のどんな考えが伝わってしまうというのであろうか。実は、それは当の本人にもわからないのである。そこにあるのは、伝わってしまうという事実だけである。その言葉の裏にはなにもない。言い換えるなら、その裏には何も隠れることができない。つまり、言葉とともにそれを語る主体がそこに漏れ出ている。これが思考伝播の異様さの正体である。そして、このことはわれわれの言語行為がどのようなものであるかを、陰画《ネガ》として示している。

言葉は盗まれる

われわれが語る時、語る主体は語られた言葉の背後に退く。隠れることができるのである。聞く側もまた、言葉の背後に、それを発言した主体がいることを感じ取る。そしてその真意を推し量ろうとする。主体は言ったことと、言いたかったことの間、差異の中に潜んでいる。それゆえ隠れて棲《す》むことができるのである。

われわれの言いたかったことは、言ってみるまでわからない。というのも、意識は「言う」という行為をすべて統制することはできないからである。それは一呼吸遅れてやってきて、ああ自分はこういうことを言いたかったのだと知る。だが、それは実際に言ったこととぴったり重なることはない。

もう一つ重要なことがある。それは、われわれが言葉を発するとき、それを他者に一回手放さなければならないということである。というより、そもそも言葉は他者に向けて放たれる。そして他者から応答を受け取ることによって、その意味を知る。これは独り言においても同じである。言葉に出して、初めてわかるのであり、初めから知っているというのは錯覚である。

ここでいう他者とは、まずは目の前にいる言葉を差し向ける相手であるが、もうひとつ厄介《やっかい》な他者がその背後にいる。最終的には知の場としての他者である。それは、われわれより先にわれわれのことを知っている、例の他者である。幼い頃、それはもっぱら母であった。長じてからは、それは社会としての他者に席を譲る。この他者は、普段は姿を現さない。そのかぎりにおいては、われわれは自分を思考における主体だと思い込むことができる。だが潜在的にせよ、われわれの言葉はつねに盗まれているのである。

それゆえ、思考伝播は真理の言説である。そして真理を語るものは狂人とみなされる。

金閣放火は語り得ぬものである。養賢はこのことを守り通した。語りようのないものを、彼はじっと抱え続けたのである。

ひとたび言葉にすれば、それは真理を、そして自分自身を裏切ることになるだろう。そして他者に盗まれることになる。司法と精神鑑定という強い社会的な知の磁場のなかに置かれても、養賢は真理を語り得ぬものとして守り続けたのである。

犯行直後、動機について、養賢が「美に対する嫉妬」というものを口に上らせたことが調書に記録されている。だがそれも「本当のところはよくわからない」と留保されている。おそらく「美」のような形而上学的な表象が、わずかに放火の真実に通じるものだったのだろう。それはのちに三島由紀夫の想像力に火を点《つ》けたかもしれない。しかし大方は、生活への不満、自分の惨めさといった通俗的な理解に解消されていった。

犯行について養賢は、「悪いことをしたとは思っていない」という。これも一貫している。では彼にはいわゆる善悪の弁識が欠如していたのだろうか。もちろんそういうわけではない。彼の生い立ちをたどっても、そうしたところは一切みられない。むしろ小狡《こずる》いことや卑劣なことを忌み嫌っていた。そして、公判中も、服役中も、真摯である。

養賢が「悪いことをしたとは思っていない」というのは、金閣放火というものが、そもそも善悪という尺度では量れないからである。事件の記録をたどり、公判で懲役七年の判決が告げられたくだりにさしかかった時、私は軽い眩暈《めまい》のようなものを覚えた。確かに、養賢は人を殺したわけではない。建造物に放火しただけである。しかもそこに人は住んでいない。冷静に考えれば、懲役七年は妥当なものだろう。むしろ国宝という理由で重くなっている。

とはいえ、金閣放火という未曾有の犯行と懲役七年は、どうにも見合わない。見合わないというより、そもそもこの犯行は法というものでは裁けない。まさに法外なものである。私をみまった眩暈はそれを物語っている。

養賢は尋問に際して希望を聞かれた時に、「断頭台にのぼして欲しい」と答えている。金閣に放火することと等価なものがあるとすれば、それは自身の死以外にはありえないのである。彼にとっては、金閣の中で焼け死ぬことでしか、この行為は完結しないものだったのだろう。

公判はその年の暮れに終結し、養賢は加古川刑務所に移送される。同所での養賢の生活は、穏健、真面目なものであり、労働も勤勉につとめ、所外労働にも出るようになった。また住職から送ってもらった父の形見の尺八を吹くことを許された。ちなみに水上勉は、慈海が金閣再建のための勧進にかまけて養賢に会いにいかなかったと批判しているが、前出の江上泰山によれば、慈海は差し入れだけでなく、刑務所に面会にも出かけていたとのことである。

ところがすでにみたように、まもなく慈海に書簡が頻繁に送られるようになる。そこでは、毎回のように放火についての反省と謝罪が述べられ、末尾は「おゆるし下さい」という文言が、連呼するように書きつけられていた。

この変化は何に由来するものだろうか。公判中、養賢は、言葉を盗もうとする制度に対峙《たいじ》し、それに屈しない姿勢を崩さなかった。その緊張から解き放たれたことが一つの要因であることは十分に考えられるだろう。

ただ、すでにみたように、金閣放火は償いようのないものである。それを彼は償おうとしたのである。最悪の場合には自殺ということになるが、幸いにというべきであろう、師への詫び状という形で、それは行われた。ただし、結果的にみると、謝罪は病の本格的な発症と引き換えであった。

出立

養賢の分裂病への道行はどこから始まったのだろうか。おそらく最初の一歩が踏み出されたのは、金閣寺への入門の可能性がにわかに浮上した時だろう。この道行はもちろん引き返すことが可能である。実際、そのチャンスは何度もあっただろう。しかし時間が経つにつれ、それは困難なものになっていく。もう一度その行程をたどり直してみよう。

養賢に金閣への道が開けたのは、父道源が乾坤一擲《けんこんいってき》、一面識もない村上慈海に養賢の弟子入りを懇願したことから始まる。死期の迫った道源は、息子の行く末を案じ、細い糸を手繰り寄せたのである。

いささか不思議なことであるが、慈海は一面識もない道源の息子の弟子入りを、すぐに承諾した。戦時中の弟子不足ということもあったのかもしれない。このあたりのことは、『金閣炎上』に詳しい。水上が成生《なりう》で聞き取り調査をしたところによると、金閣に行くと決まってから、養賢の顔つきは変わったという。静かな高揚と緊張が彼をとらえたのは、ごく自然なことである。母の志満子《しまこ》もまた高揚した。喜びを隠せず、はしゃいだ様子をみせ、同時に、養賢に対して吃音を矯正することなど、ことあるごとに金閣に入る心構えを説いた。以前からあまり良いとはいえぬ母子の中は、その頃から、より険悪なものになったという。

養賢が母を嫌ったのは、単に口うるさく言ったことだけではないだろう。母のあられもない世俗的な欲望は、この真面目な青年にはいたく醜悪なものにみえたにちがいない。彼女が人目もはばからずみせた高揚は、小さな部落の、いわゆる肺病やみの住職に嫁いだ彼女のそれまでの労苦を考えれば、やむを得ないことではあるだろう。しかも住職である夫が亡くなった今となっては、彼女は村を追われる可能性も十分あった。実際、七年後の昭和二十三年には、実家に戻ることになる。金閣焼亡の二年前である。

いまひとつ、養賢が母を忌避した気持ちの中には、この時期特有の青年の心性があったのではないだろうか。大人になれば、色香と感じられるものも、青年にとってはおそろしくもあり、おぞましくもあるものである。とくに志満子は、村民の中ではいくらか華やいだ存在であったようであり、それに養賢が反発していたとしても不思議ではない。

この忌避感は、ジュリア・クリステヴァのいう「アブジェクトなもの」、すなわちおぞましきものに通じる。女としての母は、強い嫌悪を催す存在である。それは穢《けが》れであり、棄却（アブジェクション）されねばならない。もっとも露骨な象徴は胎盤であろう。

とりわけ、養賢のような分裂気質者にとっては、女なるものは、自他の境界を揺るがしかねない脅威である。かつては、彼らの青年期に大きな関門として立ちはだかっていた。わかりやすいイメージを一つあげるなら、エドヴァルド・ムンクの絵画に現れる一連の女性像がある。

三島由紀夫も、こうしたアブジェクトなものを描く際には、一層筆が冴えるタイプの作家である。それは『金閣寺』の主人公の母にも存分に揮《ふる》われている。いたましいことだが、のちに志満子に付け加えられた数々の根拠のない不名誉な風聞も、われわれのもつアブジェクトなものへの忌避感が投影されている。

他方、養賢の心中には、柄《がら》にもない野心が頭を擡《もた》げかけていたかもしれない。僧門の羨望の的である金閣、華やかな京都の街、そして当時はまだごく一部の者だけにしか行くことの許されぬ大学、そうしたものが一挙に目の前に開けたのである。これらは、ともすれば青年の純真な志を汚れたものにしかねぬものでもある。そうしたところに、「ゆくゆくは金閣の住職になるかもしれぬ」と虚栄心を隠そうともせず村人に話す母（これも造られたものである可能性があるが）は、ことさら嫌悪すべきものと映ったのではないだろうか。そして母が高揚すればするほど、彼の存在は、衆目を浴び、周囲から浮き上がることになる。

　ところが、同年十二月、道源が死ぬと、養賢の金閣行きは宙に浮いた。母が直接慈海とやりとりするわけにもいかず、周囲の交流のある寺の僧たちも、一種の羨望もあり、彼らに手を貸すそぶりはなかった。志満子は道源の葬儀の際に、彼らに懇願したが、そのふるまいもかえって反感をかったようである。だが、彼女はあきらめず、浜田弘の実家の誼《よし》みをたのんで、翌年、昭和十八年二月に、慈海から正式の受諾を得たのである。そして同年四月（十四歳）、養賢は鹿苑寺《ろくおんじ》で得度《とくど》をあげた。志満子の執念と、なりふりかまわぬ奔走がなければ、養賢は金閣に入ることはなかったかもしれない。

浮き上がる存在

　得度をあげた養賢は、戦中の食糧事情もあり、寄宿していた安岡の伯父のもとで中学を卒業するまで待機するように命じられる。記録の上で、かすかな変調がみられるのがこの頃である。すでにみたように、鑑定書には「性格偏倚が目立ち、強情、偏屈が著しく、自分の考えに固執して何としてもなしとげ、気が向かねば誰が何と云ってもしないようになった。学友は「林は神経衰弱のようにみえる」と云い」とある。

　このあたりで養賢は発病への助走路へと踏み出した可能性がある。分裂病への第一歩は、自分の存在が周囲から浮き上がることである。『鏡子の家』の山形夏雄にみたように、そこから即発病になだれ込むこともあるが、遅速はあっても緩やかに経過することが多い。

自分の存在が浮き上がってしまったとき、その個体には次のような変容がもたらされる。一つは、衆目の視線が自分に集まってくる。実際にみられているというのではなく、誰とはなしに、なんとなく注目されているように感じられる。目立ってしまったのだが、隠れようがよくわからない。周囲の人の言動に敏感になりやすく、緊張がほどけない。妙な高揚感をもつこともある。

今一つは、周囲から隔てられてしまったように感じられる。彼らの多くはもともと社交的ではなく、一人でいる方が気楽なのであるが、彼らなりに結んでいた人との繋《つな》がりがある。それが失われたように感じるのである。そして孤立を一層深めることになる。

こうした前駆期の様態を、クラウス・コンラート（ドイツの精神科医）は「トレマ」と呼び、舞台に上がる前の緊張になぞらえた。だが、彼らはすでに舞台に引きずり上げられている。そしてどうやってそこから降りてよいかわからず、途方に暮れている。それまで身を潜めていた心理的あるいは社会的なニッチから追い立てられ、もはや隠れて棲むことがあたわない。つねに安心感のない状態に置かれているのである。

ここで三浦鑑定書に書かれた「金閣の支配者になる望み」について再度検討しておこう。それが診察の中で事後的に形成されたものである可能性も十分にあるのだが、それについては措《お》いておく。

問題は、三浦が、養賢の「排斥されている」という思いを病的な優越観念とする一方、この誇大的な願望をごく通常の心理とみなしていることにある。仮に養賢がこうした考えに取り憑《つ》かれていたとしたならば、それは青年の野心などというものでは到底語りえない。トレマの延長線上、その行き着く先にある。

　トレマにおいて、人は周囲から浮き上がり、不安と緊張の漲《みなぎ》る中で、何か特別な存在となったように感じる。その時心に浮かぶのは、多くの場合、「白眼視される」、「疎《うと》まれる」、さらには「逮捕されるのではないか」など、被害的な考えである。だが、他方で、「周囲から何かを期待されている」、「何か特別な使命を帯びている」といった、高揚した考えが宿ることもある。両者は表裏の関係にあり、養賢が「排斥されている」という被害感とともに、「金閣の支配者になる」という考えを抱いていたとしてもおかしくはない。

　仮に、浮き上がった存在と化した養賢に、そのような妄執が取り憑いたとするなら、それは存在の強度を宥《なだ》めるどころか、より際立たせ、同時にさらなる孤独へと追い詰めることになるだろう。もしそうだとするなら、放火は、観念とともに度し難いほどに強度の充満したおのれの存在を滅却するためである。

　話をトレマの初期に戻そう。こうした状況に陥った青年たちの身の処し方には、いくつかの類型がある。一つはひきこもることである。かつて「ひきこもり」といえば、分裂病と最も深く関連するあり方だった。ただ、この戦略は、より孤立を深め、社会から離脱していく危険がある。今のように、さまざまなメディアを介して、自室にいながらにして繋がることのできる時代とは事情が異なる。ひきこもっている意義を察して干渉的にならずに見守る人がいたり、どこかで人と繋がっていればよいのだが、そうでないと、多くの事例が、静かに沈下していく。

放浪は一つの有力なソリューションとなることもある。まずは困難に陥っている現場から人を引き離す。そして、その場その場を移ろいゆき、社会的ニッチがみつかれば、そこにしばし滞留する。そして対人関係の澱《おり》ができかけたら、そこから逃れる。日雇いの仕事が馴染む場合は、ドヤ街などに落ち着くこともある。

あるいは一念発起する事例もある。難解な本を読み始めたり、軍隊や革命に身を投じたり、間尺《ましやく》に合わぬ目標をかかげたりする。状況を打開することもあるが、より目立ち、そしてより孤立することによって、事態を悪化させるリスクも大きい。

養賢がとったのは、周囲に対する頑《かたく》なな態度である。これもしばしばみられる。もともと素直だった青年が、人が変わったように打ち解けない、昂然《こうぜん》たる態度に変じたりする。家族や友人には、気持ちが通じなくなったように感じられる。養賢の場合、彼の生来の真面目さ、強情さを考えれば、それほど不自然なものとは映らなかったのかもしれない。ただ、寄宿先の伯父は手を焼いたようである。

いささか奇妙なことなのだが、伯父は慈海に「ここには合わぬから、中学卒業前だが入寺させて訓育してくれ」と願い出ている。これでは「気難しくて手に負えぬので、引き取ってくれ」と言っているようなものである。さらに、そう言われて受け入れる慈海も、不思議といえば不思議である。

小康

養賢が金閣に入ったのは、得度の翌年、昭和十九年四月（十五歳）である。花園中学（臨済学院）四年に編入となり、六月からは学徒動員による勤労奉仕に出たが、七月下旬に発熱し、寺で静養した。彼のもう一つの宿痾《しゆくあ》となった結核の始まりである。八月には体調が回復したが、無断で郷里に帰り、父の愛用の木刀を探し出し、「わしゃ、これで、金閣の奴らに気合い入れてやんねや」と母に語っている。住職の陰口をたたく副司《ふうす》の谷井と口論したのもこの頃である。

ところが、昭和二十年三月（十六歳）に中学を卒業すると、養賢は自分から郷里での療養を申し出て、五月に成生に帰省した。母子はかつてのようにいさかうことなく、しばしなごやかな時間がしばし流れた。養賢は、京都にいては口にできない魚や鳥を食べて滋養を取り、身体の療養に努めるとともに、社務や畑仕事を行い、狩や釣りにも出かけ、徐々に健康を取り戻した。

まだ修行を始めたばかりであるが、この時、養賢には実家の西徳寺にいったん落ち着くという選択肢がなかったわけではない。そうすれば、寡婦となり宙に浮いた志満子も、成生に住み続ける事ができる。何より、あの聖俗入り混じったおどろおどろしい都から足を洗うことができようというものである。

ただ、そのような分別臭い知恵を、一度志の励起した青年に求めるのは無理というものだろう。戦争が終わり、健康状態を回復するにつれ、金閣に戻りたいという気持ちは日増しに強くなっていく。住職に何度か手紙を出し、復帰を懇請した結果、昭和二十一年四月、養賢は金閣に戻ることを許され、禅門学院に入学した。

おそらくこの帰郷で、養賢の分裂病への道行は、いったん頓挫したようにみえる。郷里での養生は、養賢の中に宿った気負い、頑さ、緊張をなだめ、心身ともに回復に導き、彼を京都に送り返した。次に変調が明らかになるのは、三年後の昭和二十四年（二十歳）になってからである。

慈海という人は、なかなかつかみどころのない人物である。吝嗇《りんしょく》で、しみったれたところが目立つのだが、妙な懐の深さのようなものがある。戦後間もなく、外務省からの依頼で、中国南京政府主席陳公博一行の亡命生活を、二つ返事で引き受けたことについてはすでに触れた。その他にも、昭和二十一年には、京都府知事をやめた三好重夫が金閣寺に食客として滞留していたことがある。その三好は、養賢に英語を教えたりしたらしいが、頑なな養賢のことが気に食わなかったようである。執事に「あの小僧は始末が悪い。親元に帰したら」と言ったところ、慈海が「悪いから面倒をみてやらなければならないよ」と応じたことに感心したという。

しかし、こうした妙な懐の深さは、かえって人に仇《あだ》をなすことがある。養賢が三好に対して反抗的だったのも、もとはと言えば、禅寺に俗世の者を賓客《ひんきゃく》として寄宿させたことが発端だろう。それは寺のあり方に対する養賢の態度をますます頑なにしたのではないだろうか。ただ、隠居とはいえ、相手は元知事である。養賢の頑なさも相当なものである。

しかし、慈海はそうした養賢もまた不問にしているのである。いったい懐が深いのか、何も考えず受け入れているだけなのか、とらえどころがない。なにかその存在自体が禅問答のごとき人物である。水上勉が「事なかれ主義」と批判したのもうなずける。

辰ちゃんにしてもそうである。辰ちゃんこと吉井辰夫は、慈海が本山から帰る途中、たまたま同じ市電に乗っていた男である。がら空きの座席に寝転んでいる浮浪者の吉井を見た慈海は声をかけ、連れ帰り、そのまま寺男として寄宿させた。のちに養賢は、全員総出の池さらいをさぼり、昼寝を決め込んでいた辰ちゃんを、柔道技で投げ飛ばし、見ている者がおびえるほど、制裁することになる。これもまた、慈海の杜撰《ずさん》さが遠因となっている。

もともと辰ちゃんは弁がたつ男であり、のちに金閣の案内係として、独特の節回しで知られるようになる。また鹿苑寺の由来などの観光用の文章は彼が起草した。のちに仲間からうとまれ、案内係をやめさせられ、最後は自殺している。

こうしてみると、慈海の懐の深さというのは、中に入った者にとっては、底の抜けた鍋のようなものかもしれない。時として、そこで悲劇の芽がインキュベートされる。先にみたように、弟子たちのうち、養賢の上にいた九人は、二名は戦死、一名は病没、六名が帰郷還俗《げんぞく》し、養賢の下にいた五人は、一名が死亡、二名は還俗、一名が師転換、一名が発狂している。

養賢にとって、慈海はとらえどころのない他者である。その真意がどこにあるのかよくわからない。そもそも、養賢の引き受け方からしてそうである。さしたる所縁《ゆかり》もない、吃音の強い、気難しいところのある少年を、こだわる様子もなく入門させている。受け入れているといえば受け入れている。

養賢にしてみれば、受け入れられていないわけではないのだが、本当に受け入れられているかといえば、さだかではない。それは度量の大きさとはまた異なる。ときとしてダブルバインド的な状況も生み出したであろう。のちにそれは「オ師匠ハ、親切ニヤッテ呉ル様デ、何カコウ奥歯ニ物ガ挿《はさま》ッタヨウデ」という養賢の供述の中に姿を表すことになる。

分裂病への道行で、人はどこかで異次元の他者と出会う。養賢にとって、その他者は、住職に身をやつして、ひそかに忍び寄ってきていたのかもしれない。

二つの他者

他者については、ここで二つの水準を区別しておかなければならない。一つは、普段接している生身の他人である。いわゆる「経験的他者」である。いま一つは、そうした日常の向こう側にいて、普段は姿を表すことのない異次元の他者である。人はそこに知を託す。

限られたパースペクティヴの中で生きているわれわれは、全体を見通すことはできない。そのかわりに、すべてを知っている他者がどこかにいるという設定をする。そこからみれば、世界は正しい理《ことわり》のもとにある。そのように想定することによって、経験は経験として安定する。その意味で、「超越論的他者」と呼ぶこともできる。

たとえば、われわれは日々のいとなみのなかで、ことのなりゆきを予測する。行き当たりばったり、出たとこ勝負にならざるをえないこともあるが、それでも最小限の予測はするものである。ではなぜ、そもそも予測という行為が可能なのか。そして意味のある行為となるのだろうか。先のことはやってみなければわからないはずである。

予測をするとき、われわれは、正しい答えがあることを前提にしている。そうでなければそもそも予測などする意味などない。そして答えがある以上、それを知っている他者がどこかにいるはずである。その他者は、私にはみえない全体を俯瞰している。そこからは、すべてお見通しであり、必然である。

もちろん、過去の経験に照らし合わせ、データを活用することも可能である。しかしそれだけでは予測はできない。昨日、太陽が昇った。今朝も太陽が昇った。これらは確かに起きたことである。

だが、確実にいえるのはそこまでである。明日、太陽が昇ることは、そこには含まれていない。なんの保証もないのである。しかし、誰かが私のかわりに、明日も日が昇ることを知っているのである。

予測は当たることもあるが、外れるのはあたりまえである。必ず当たるに決まっているなら、予測する必要もない。予測があまりにも当たると、薄気味悪くなる。居心地が悪い。何かの間違いではないかと不審に思う。散財してまで、厄払いすることもある。なぜなら、それは他者の場だからである。逆にいえば、予測がはずれるところに私の場所がある。

経験的／超越論的という二つの他者は、われわれが言葉を差し向ける二つの他者に対応している。前者は、私が差し向けたことばに直接応答する他者である。後者は、知の場としての他者であり、私のことばの真の意味を知っている他者である。青年になると、この知の場は、母や身近な大人から社会へと移行する。

超越論的他者に近づくことは、危険なことである。なぜなら、この他者は真実を知っているとされているからである。幸いなことに、普段は背後に隠れている。それとは気づかれることはない。それで経験がうまくまわっていく。ただ、かつての青年期は、特権的にこうした他者に接近する時期であった。新たに「社会」という得体の知れない他者が立ち現れたのである。大人になるためには、その関門をくぐり抜けなければならない。

分裂病と他者

人間のライフステージの中に、青年期が登場したのはそれほど昔のことではない。というより、わずか一世紀ほど前のことである。ちょうど、オイゲン・ブロイラーによって「分裂病」が概念化された時期に相当する。

ヨーロッパを例にとるなら、中世までは、大人（成人）と子ども（小児）の二つのステージしかなかった。十七、八世紀、市民社会の幕開けとともに、その間に「児童期」が挟まれる。新しい社会で必要な、「読み・書き・そろばん」と最低限の社会常識を身につけるための準備期間である。二十世紀の初頭、児童と成人の間にさらに「青年期」が差し挟まれることになる。これにはどのような意味があるのだろうか。

それより以前に青年期がなかったわけではない。ただし、それは貴族の子弟に限られたことであった。つまり特権だったのである。彼らには大人になる前に、諸国を漫遊したり、色恋沙汰に興じたり、文芸や先端的な思想にかぶれたりすることが許されていた。デカルトやゲーテなどは、それがそのまま人生になった事例である。

こうした例外的なライフステージが、なにゆえ市民一般にまで浸透したのだろうか。おそらくは、成人すなわち社会的な主体となるための猶予として要請されたのであろう。それだけこの時代に現れた「社会という他者」と折り合いをつけるのが困難になったのである。青年期とは、そうした危険なゾーンだった。

だが同時に、青年期はそうした危険をさばくための仕掛けを備えてもいた。ある程度の逸脱は許容されたのである。その意味では、かつてと同様、特権的なものだった。そして戦後、多くの青年が、異議申し立てをした。

その際、彼らが標的としたのは権威であり権力である。身近なところでは父親であり、そして大学教授のような権威的人物である。目に見えるそうした具体的他者へと問題を移し替えるかぎりにおいて、異議申し立ては、たとえハードな課題であっても、それによって狂気に陥ることはない。

今一つは制度的なもの、体制への批判である。国家であるとか、資本主義といったものへの異議申し立てである。これは前者と比べて捉えどころがなく、より危険なものである。だが、多くの場合、一人でやるものではない。共闘する仲間や、組織がある。そしてマルクスという聖典もあった。

ここにみられるのは、「社会という他者」に対する代表的なソリューションである。抑圧する権力と抑圧された自分という構図の中にいるかぎり、社会は超越論的他者として呼びかけ、そして問いかけてくることはない。

ここでは、こうした他者への異議申し立てが、対象のすりかえであることを問題にしているのではない。だが、当時の運動の中には、分裂病を社会の犠牲者であるとし、さらには異議申し立てのシンボルとして掲げるものがあった。それは筋が違っている。彼らは、発病後、大きな社会的不利益や差別を蒙《こうむ》る。その意味においては確実に犠牲者である。かつてより緩和されたとはいえ、事情は今も同じである。だが、分裂病が社会からの抑圧によってなる病であるというのは、端的に誤りである。

分裂病に親和性のある個体は、心理的に、どちらかというと共同体の辺縁に自らの居場所を見出す。孤独に強く、人との関係を希求していないわけではないのだが、おびえの方がまさり、心的距離を長めに取る。思想に取り憑かれることもあるが、理想主義的であり、妥協することなく、連帯するのも苦手である。概してイデオロギーというものに懐疑的である。簡単には騙されない。

病の始まりの段階で、彼らの他者は、対象として像を結ばない。どこからともなく監視され、いく先々で先回りしているが、姿を現すことはない。さりげなく群衆の中にまぎれこんでいることはありうる。養賢の場合には、ある時から、住職の中に見え隠れしていたかもしれない。彼らは、逮捕されると恐れ、時として確信していることもある。だが、身に覚えのないことである。
　彼らはこうした超越論的他者を経験的な他者や社会の権力装置から区別している。しばしば病識がないとされるのだが、この二つの水準が異なることを彼らは知っている。むしろ前者を後者にすりかえ、混同しているのは、われわれの側である。だから彼らはそれを伝えようがないのである。ひとたび口にすれば、被害妄想と言われ、狂人扱いされるのがオチである。相手が専門家だろうと素人だろうと、それはあまり変わらない。ここでも言葉は盗まれる。

養賢の明識

　超越論的他者の到来は、現実に起こったものとは思えないにもかかわらず、彼らをとらえて離さない。そんなはずはないと困惑しながらも、強いリアリティをもって彼らに迫る。
　では、養賢の場合はどうだったのだろうか。彼の場合、超越論的他者の影は稀薄である。発症の手前にとどまり、症状はみられない。わずかに住職についての発言の中に、他者が降り下ってくることの予兆が認められる。放火の前年の夏頃からのこととされている。もう一度みてみよう。

「オ師匠ハ、親切ニヤッテ呉ル様デ、何カコウ奥歯ニ物ガ挿ッタヨウデ」

ここには二つの水準がある。「親切ニヤッテ呉ル」のは、現実の住職である。とらえどころがなく、吝嗇が過ぎるとはいえ、養賢の庇護者であることにはちがいない。寄る辺のない彼を引き取り、肺病とおぼしき病で修行を中断したあとも受け入れ、一般の子弟が到底望めそうにもなかった大学に進学させてくれたのも、すべて住職の一存である。

　他方で「何カコウ奥歯ニ物ガ挿ッタヨウデ」とある。実際、慈海がそうした物言いをしていた可能性は十分にある。ただそれだけのことかもしれないが、そこには彼をとらえ始めた力が見え隠れしている。住職の煮え切らぬたたずまいは、超越論的他者が降り下ってくるには格好の依り代のようなものである。それはいずれ思わせぶりな言葉で謎を投げかけ、素知らぬ顔をしながら、彼の考えを見抜くものとしてやってくるだろう。

　だが、養賢はその手前に止まっていた。住職は、どちらともつかぬ宙吊りの他者のままである。依然として煮え切らない。しかしどちらともつかぬにせよ、彼は二つの水準を混同しなかった。取り調べでは、寺の修行や生活が厳しいものであったことは認めつつも、住職について問われれば、尊敬しているし、感謝もしていると答えている。

　公判中、接見に訪れた住職に、養賢は「申しわけないことをしたと思うが、詫びる気持ちはない」という意を告げている。ここでも彼は二つの水準を混同していない。「申しわけないことをした」というのは、住職あるいは世間に対するものであり、「迷惑をおかけしました」という意味である。では「詫びる気持ちはない」というのは、慈海個人に向けられたものだろうか。言い換えるなら、「そこまで追い詰めたあんたのせいだ」と言っているのだろうか。そうではあるまい。もしそうだとするなら、放火は慈海への不満から起こしたものに頽落してしまう。

養賢は、自分の行為が世俗の文脈を突き抜け、善悪の彼岸のものであったことを貫き通した。それでいてなお、それを超越論的他者に委ねることもなかった。

分裂病の行程で、人はどこかで超越論的他者に出会う。そして彼の出会った真実をそこに委ねてしまうのである。だが、養賢は自分の言葉を手渡さなかった。盗ませなかったのである。

その行く手に、他者がはっきりとした像を結ばぬ中を、養賢は駆け抜けた。そしてその先に金閣がいた。

林養賢はどんな風貌をした青年だったのだろうか。断片的に伝えらえているところを寄せ集めてみると、目は細く、やや吊りあがり、唇は厚く、受け口である。体型はどちらかというと肥満型であり、鳩胸でボリュームがある。

鑑定書には身長百六十二センチメートル、体重五十三キログラムとある。むしろ標準体重よりはやや少なめである。ちなみに当時の日本人の二十歳の平均身長は百六十一・五センチメートル、平均体重は五十五・三キログラムである。犯行、逮捕、勾留のなかで、食もままならなかったのだろう。ちなみに鑑定時の心理検査では、ＩＱは百十六であり、平均よりかなり上の知的能力を持つことが示されている。

写真は十二歳、東舞鶴中学二年の時のものが残されている。だが、画像は鮮明ではない。そのほかには、逮捕された放火当日の報道写真が何枚かある。カルモチンの影響下にあって、朦朧《もうろう》としている。

私の中には、養賢のイメージとして、法隆寺の救世観音菩薩像、すなわち夢殿観音が、いつしか定着するようになった。理由はよくわからない。杏仁《きようにん》型のつり上がった目と厚い受け唇、そして量感のある丸い胸などが、そう思わせるのかもしれない。観音は飛鳥時代に造られ、平安期より、絶対秘仏として、厨子《ずし》の中に数百メートルもの反物《たんもの》によってぐるぐる巻きにされて安置されていた。聖徳太子の似姿ともいわれる。梅原猛の『隠された十字架』の中では、滅ぼされた太子一族を鎮魂し、太子の怨霊を封印するためのものとされている。明治十七年、フェノロサと岡倉天心は、この秘仏の封印を解くように、法隆寺の僧侶に執拗に迫った。それに屈した僧侶は、いよいよ開帳されようとしたとき、天変地異の来るのを恐れ、逃げ出したとも伝えられる。保存状態はきわめて良好であり、金色の眩《まばゆ》い像が千年の時を隔てて姿を現したのである。

この仏像のお顔は、あまり類をみない。そのかすかな笑みは、他の仏のように慈愛のにじみ出るようなものではなく、どことなく不気味である。胸板は定朝《じょうちょう》様式のようには薄くなく、むしろ丸みを帯びて突出している。こうした異様なお姿や、その身にまつわる禍々《まがまが》しいエピソードが、なんとなく私を落ち着かなくさせるのである。

存在の励起

養賢の放火に至るまでの経過を駆け足で振り返ってみよう。最初の兆候が現れたのは、昭和十八年（十四歳）、東舞鶴中学二年のころであった。金閣への弟子入りが決まり、得度《とくど》を済ませ、引き続き舞鶴市安岡にある伯父の家に寄宿していたが、伯父は慈海に「ここには合わぬから、中学卒業前だが入寺させて訓育してくれ」と懇願した。養賢は母よりもむしろ伯父伯母になじんでいたのだが、その伯父にしても手を焼くような頑《かたく》なさが芽生えていたのである。

この性格偏奇は、昭和二十年四月（十六歳）、療養のために成生《なりう》に帰郷してから後、いったん影をひそめた。昭和二十一年三月（十七歳）、再び金閣に戻るが、その後もみためには大きな問題はなく、昭和二十二年四月（十八歳）には大谷大学予科に進学する。

明らかな兆候が現れたのは、昭和二十四年（二十歳）である。この年は予科三年に進学したが、それまで中位だった成績が、前期には最下位に下落した。その年の夏頃には、住職をはじめ周囲の者たちは、養賢の憂鬱を認めた。養賢が住職のことばや表情に微妙なニュアンスを感じ始めたのもこのころである。だが明確な異状は覚知されていない。またこの夏には辰ちゃんを制裁している。秋にはほとんど通学しなくなり、翌年、大学に進学してからは一時、思い直したように登校するようになったが、その後、再び学業は放擲《ほうてき》された。しかし朝夕の寺の仕事は普段通り、率先してこなしており、ほころびはみられていない。それは犯行当日まで変わらなかった。

医学的に大まかにくくり出すと、中学三年（十四歳）からは病の潜伏期にあり、犯行の前年（二十歳）からは前駆期にあったといえるだろう。そして犯行は、明確な発症をみることなく、なんらの予兆もなく、唐突に行われた（二十一歳）。本格的な症状が現れるのは、その翌年からである。

潜伏期、そして前駆期を特徴づけるのは、ひそやかな「存在の励起」とでもいうべきものである。周囲から浮き上がり、他人のまなざしの対象となり、隠れて棲《す》むことが困難になる。同時に、世の中から放逐されたようにも感じられる。これはこの時期に限ったことではない。分裂病の経過のどの時期にも共通する特徴である。ただ、発症前は幻覚や妄想といった症状がないので、むしろより純粋な状態で自分という存在が露呈している。

端緒となったのは、金閣への道がにわかに開けたことにまでさかのぼる。養賢は、思いもかけず選ばれた存在になった。指名を受けたのである。

この存在の励起の行程が踏破され、突き抜けた地点に、緊張病（カタトニア）という様態がある。発症した分裂病が向かう極北のようなものである。そこでは自分という存在が、純粋な「余剰」となる。そして世界の中心に引きずり出され、もはやどこにも隠れる場所がない。まなざしの集中放火を浴び、あらゆることが自分に語りかけてくる。

世界は緊張で満ち、自分のほんの些細な一挙手、一投足も、収束することなく、とてつもないことを引き起こしかねない。もしかしたらまばたき一つが世界を倒壊させることになるかもしれない。自分は世界という舞台の上で動いているはずである。だが、自分が動くと、舞台を踏み抜いてしまうかもしれない。

そうかと思えば、すべては無機的に静まりかえり、徹底的な孤独のなかに放擲《ほうてき》される。なんでも行いうるが、一切の反響もない。こうした存在の極点では、人は雪崩《なだれ》をうって興奮に身を任せるか、氷のように固まってしまうよりない。そして興奮も熱いものではなく、青ざめた金属のような、相対するものを凍りつかせるがごとき冷たさがある。

存在の励起が純粋な形で現れるという意味で、分裂病の発症前と極点は通底している。その中間にある幻覚や妄想といった症状が豊かに産出される時期には、かえってみえにくい。おそらく養賢の場合、存在の励起は、周囲にも彼自身にも気づかれぬまま静かに進行し、明らかな症状形成に至ることなく、いきなり極点に突き抜けたのだろう。

ヨク隠レタル人、ヨク生キタリ

では、なぜこのようなひそやかな進行が起こりえたのだろうか。とりわけ、金閣に戻ってから予科二年までの三年間は、ほころびらしきものはほとんどみられていない。無口で無愛想なところは変わらぬが、率先して寺務を行い、後輩の指導にもあたり、周囲にも頼もしく映ることもあるほどであった。

これは分裂気質者の適応の一つのパターンといえなくもない。ともかくも脇目をふらず、まっすぐに進んでいくというやり方である。ただし、周囲と齟齬《そご》を起こさず目立たぬことが、こうした戦略を取る際には欠かすことのできない条件である。

たとえばデカルトの「仮の道徳」というものがある。筋金入りの分裂気質の彼が、我が身をさいなむ懐疑に決着をつけるにあたって、確実性の岩盤まで掘り下げる思惟《しい》のいとなみを敢行する際に、みずからに課した指針である。要約すると、「日常においては法律と慣習を遵守し、分別ある人の意見にしたがって実生活をいとなむ」というごくありきたりのものである。しかしそれは単なる処世術にとどまるものではない。

コギト（我思う）という彼に宿りつつあった思想は、下手をすれば権力の側からリベルタン（自由思想家）としての嫌疑を受けかねないものである。だがそれ以上に、それはデカルトの内面そのものにとって危険なものであった。実際、それは彼の夢のなかに「悪霊」を呼び起こすことになる。彼は自分の思想が超越論的他者の目を覚まさせる危険を感じ取っていたのだろう。

コギトは、考えることと、それもただ考えることである。何を考えるか、その内容は問題ではない。空虚な形式である。重要なことは、それが何にも還元されないということである。そのことを彼は発見したのである。それは、世界のなかの余剰である。うっかりすると、コギトという孤児は、神の秩序を狂わせかねないものとなりかねない。パスカルが「デカルトはできれば神なしですまそうとした」と見抜いていたように、彼がコギトのあとに行う神の存在証明には、どこかとってつけたようなところがある。

それゆえ、仮の道徳とは、単に思惟のいとなみを安んじて行うための方便にとどまるものではない。それは、世間の背後にいる超越論的他者を意識したものであり、その目に止まることなく、隠れて棲む方略である。同時に、それは他者を骨抜きにする。なぜなら、他者の意に沿うのはあくまで便宜上のことであり、道徳の是非の判断は保留されているからである。

こうした周到な手配りにもかかわらず、オランダに隠棲してなお、デカルトは三十回を超える転居を繰り返した。彼の座右の銘は、オウィディウスの「ヨク隠レタル人、ヨク生キタリ」Bene qui latuit bene vixit であったと伝えられる。

もちろん養賢の場合、そこまで自覚的ではなく、生きる知恵のようなものだったであろう。だが、日々のいとなみをただ黙々とこなしていくことによって、復帰してから三年の間、ともかくも破綻なく、決して楽とはいえぬ寺の修行と学業を無難にやりぬいたのである。さまざまな不満が頭をもたげることはあったであろうが、とりあえずそれらは脇に置いておくことができた。

しかしどこかで狂いが生じたのである。そして日々のいとなみに埋没していたところから、自分の存在というものが再び頭を擡《もた》げはじめたのである。その契機となったのは何であるか、のちの彼の言葉のなかに断片のように入り込んでいるものから、いくらか推測することは可能かもしれないが、今となってはわからない。

戦後、観光客がまいもどり、寺は潤ったが、モラルは低下し、静謐《せいひつ》な環境は失われた。自分たちは相変わらず貧窮した生活を送っている。事務方がのさばり、若輩の僧たちを馬鹿にしている。吃音の劣等感が再び擡げたかもしれない。あるいは住職の煮え切らない態度に両価的《アンビヴァレント》な感情が芽生えたのかもしれない。さまざまな可能性がある。だがいずれにしても、それは病の契機である。原因ではない。ただ、そうした何かが再び彼の存在を励起せしめたのである。

実存ということ

「存在の励起」とはどういう事態をいうのだろうか。それは、実存の突出した様態である。では実存とは何か。サルトルは『実存主義とは何か』の冒頭で、次のような簡潔なことばで喝破している。

実存は本質に先立つ。

実存 existentia も本質 essentia も、存在を意味する言葉である。本質は「何であるか」であるのに対し、実存とは、まさに「ある」ということそのものである。言い換えるならば、出来事としての存在であり、内容を欠いた空虚な形式である。サルトルは、この実存こそが本質に先立ち、人間の存在にとって固有のものであるとしたのである。

実存とは、今となっては古色蒼然としたことばである。だがかつてこのことばが確実に経験のリアリティを与えていた。とりわけ青年にとって切実な問題だったのである。それは昨今の流行り言葉である「自分探し」などのような「何であるか」に先行する問いである。自分が何であろうと埋め合わせることのできない「あるということ」そのものである。それは不条理であり、無意味なものである。そして、それに気づいた者を、寄る辺のない不安や孤独に陥《おとしい》れる。

　実存にはつねに不安がまとわりつく。サルトルだけでなく、キルケゴールにせよ、ハイデガーにせよ、実存をその主題とする思想にとって、不安は人間の基本的なあり方である。そしてわれわれの存在の有限性に由来しているとされる。だが、そうなのだろうか。

　中世の神秘家マイスター・エックハルトは「神の他に蠅一匹しかいないとしても、その一匹の蠅のために神は絶望なさるだろう」という言葉を残している。取るに足らない有限のものの存在が、神の無限性にとって躓《つまず》きの石となる。だが、神は人間の前でこそ絶望なさるのではないだろうか。この不細工な生き物は、自分が創ったはずの自然の摂理を逸脱するのである。

　かりにそれを有限性と呼ぶにしても、単なる不完全性や欠如といった有限性ではない。存在するということ、すなわち実存の空虚な形式は、神の世界を超過する。実存は神にとっても不条理なものである。完璧な球体を作ろうとしても、どうしても残ってしまう襞のようなものである。

　実存は「何であるか」に先立つ。それゆえ「無」である。だが、同時にそれは余剰であり、神の世界に溶解しない。では、実存の不安はどこに由来するのだろうか。逆説的にみえるが、それは「自由」というものの中にある。

カントのアンチノミー

ヨーロッパの思想史の中で、自由はもっぱら神の専権事項であった。ヘブライ的な世界観の中では、神がいったん創造したあとは、世界はその摂理に従う。この構図は、近代科学にも受け継がれる。最初に神が世界を設定したあとは、法則がすべてを支配する。自由があるとすれば、最初の設定の場面に限られる。それについて科学は問うてはならない。それゆえなぜ宇宙があるかであるとか、存在とは何かという問題に、科学は答えることはできない。

神が退場したあと、自由は人間に引き継がれる。近代の入り口で、この厄介な問題に取り組んだのがイマニュエル・カントである。その際、彼はどのように自由を位置付けたのだろうか。それはかのアンチノミー（二律背反）によって示されている。

命題　世界には自由による原因がある。
反対命題　いかなる自由もなく、すべてのものは自然である。

カントによると、この二つの命題は、どちらかが正しく、どちらかがまちがっているのではない。両方とも成り立つというのである。後者は、もっぱら現象界のこと、つまりは感性的に感じられる経験世界のことである。そこでは因果法則があまねく浸透している。

それに対して、自由は叡智《えいち》界というものに割り当てられる。叡智界とは感性的経験から離陸した思弁的な理性の世界である。それはともすれば、経験の裏打ちを欠いた仮象《かしょう》を生み出し、迷信や邪推によってわれわれを過《あやま》たせる。だが、カントは、仮象のうち「思惟する魂の存在」、「意志の自由」、「世界秩序の創造者としての神の存在」の三つについては、否定しようにもしがたいものとして認めた。そのなかでも「意志の自由」は特権的な位置を占める。こうして世界を二つに分けることにより、カントは自由をめぐるアンチノミーを解消しようとしたのである。

ここにはカントの不安が見え隠れしている。世界は感性界と叡智界に分かたれ、ひび割れている。その亀裂を与えるインパクトはもっぱら「自由」に由来する。この自由こそ、カントにとっての不安の源泉だったのではないだろうか。言い換えるなら、世界を二つに分けて、ようやく収まりをつけたのである。

ここでいう自由とは、因果性としての自由であり、現象の系列を何もないところから始めることのできる絶対的自発性のことである。言い換えるなら、それ自身以外の何ものにもよらない自己原因としての自由である。つまりかつて神がもっていた自由に他ならない。

こうした自由は、われわれが普段考える自由とはまったく様相が異なる。ラディカルであり、かつ厳格なものである。たとえば、寝坊して朝飯を食いはぐれ、空腹に耐えかねて、授業中に弁当を開いて食べ始める。教師が注意したところ、生徒は「そんなの俺の自由だ」と答えた。だが、カントによれば、こんなものは自由ではない。なぜなら、それは空腹によるものだからである。生理的な欲求に押し流されたにすぎない。

あるいは、腹はすいていないが、ワルぶってそうした行為に及んだとする。これもまた自由な行為ではない。見栄あるいは反抗といった心理社会的な動機によるものだからである。絶対的な自発性とは、それ自体以外の何ものにも由来してはならない。何もないところから始めなければならないのである。

自由はしばしば「選択する自由」と等値される。自分で好きなものを選べる自由があるというわけである。これもまたカント的な自由ではない。好みや、どちらが得かとか、その時々の気分などによるものである。さらにいうなら、どれを選ぼうと、その行為はそもそも提示された選択肢のなかにとらわれている。

こうなると、カントの自由とはほとんど不可能な行為となる。たとえば電車の座席に座ってまどろんでいる。ふと目を醒ますと、腰をかがめた老婆が立っている。気の毒に感じて席を立つ。または、疲れていて面倒だから寝たふりを決め込む。あるいは、人目もあるので席を譲る、あるいはまた、偽善者だと思われるのがいやで、座り続ける。いろいろな対応がありうる。だが、どれもこれも自由な行為ではない。

自由という狂気

では、どうすればよいのか。ただ立つのである。そうでなければ自己原因とは言えない。前触れもなく、不意に立たねばならない。動機はあってはならないのである。もしあったならば、行為は因果の連鎖の中に収まり、絶対的な自発性ではなくなる。自由な行為である以上、それは不意になされなければならない。そこで時間は一瞬、宙づりになる。ここまでくると、自由な行為とはほとんど実行不可能であると同時に、実現されたならば、狂気じみたものとなる。突然、視界から青年の姿が消え、老婆は意味がわからず、狼狽《うろた》えるだろう。

授業中、ある生徒が忽然《こつぜん》と弁当を開いて食べ始める。あまりにも唐突であり、周りの者は呆気《あっけ》にとられ、息を呑み、ことばを失う。その生徒は、普段は真面目で、志操が固く、そしてあまり目立たぬ青年である。よほど腹が減っていたのかとも思うが、胃袋が満たされていく風情もない。そんなの俺の自由だろと嘯《うそぶ》いてひけらかすような虚栄は微塵もない。ただ黙然と食べているのである。

ほぼ弁当が平らげられたころ、我に返った教師は、狼狽《ろうばい》して波立つ心を抑えながら、「なぜ授業中に弁当なんか食うんだ」と叱責する。生徒は黙ったままである。あるいは「ただ食べたかっただけです」、「よくわかりません」などと答えるかもしれない。だが、彼自身にも本当のところはわからない。ただ食べたのである。

実のところ、これが分裂病の始まりの光景であってもおかしくはない。むしろ唐突に意味連関を外れた行為によって異常が覚知されることは、一つの定型的パターンである。食べ終えた生徒は、弁当箱を鞄にしまい込むと、黙ったまま席を立ち、教室を出ていこうとする。教師は呼び止めるが、その声は彼の耳には届かない。腕を摑《つか》もうとしても無造作に振り払われる。立ち去った彼はそのまま家にひきこもってしまうかもしれない。あるいは彷徨《ほうこう》のはてに、どこかで身柄を確保されるかもしれない。

あるいはまた、立ち去ろうとした彼に、不意に級友が「いい格好するんじゃないよ」と投げかけるかもしれない。この言葉はこの先、ずっと彼に取り付くだろう。ちょうど夏雄に投げかけられた「いい気なものね」という女の一言と同じように。実際に言われたのか、それとも幻覚だったのかわからぬままに。

自由にはこうした狂気のポテンシャルがはらまれている。これはまさにカントの不安の源泉であり、それゆえこのような自由の実現は認めるべくもない。だからこそ、まずは思弁的世界の中に囲い込み、超越論的自由としたのである。

だが、そうなると自由は絵に描いた餅になってしまう。そこでカントは実践理性のなかに確保しようとする。いわゆる実践的自由である。超越論的自由と実践的自由は、前者は後者の存在根拠であり、後者が前者の認識根拠になる。いわゆる権利問題と事実問題の二分法である。このようにカントは慎重に腑分けしながら、自由を精錬していく。

定言命法

カントは自由の実現に二つの制約を課した。一つはそれが道徳的なものであること、もう一つはそれが普遍的なものであるということである。最終的に実践的自由は、次の定言命法に収束する。

「汝の意志の格率が常に同時に普遍的立法の原理として妥当しうるように行為せよ」

つまりは、何かをなそうとする際、その原則が普遍法則になるように行為せよというものである。定言命法とは、無条件に「〜すべし」と命じる道徳法である。何故《なにゆえ》に従わなければならないか、そのことに理由はない。それは「理性の事実」であり、否《いな》みえないものであるとされる。一見すると、自由とはまったく相容れないようにみえる。

この定言命法は具体的に何をせよと命ずるものではない。純粋な形式である。カントによれば、それが道徳法則なのである。

カントの読みを徹底するなら、われわれは善をなすために定言命法に従うのではない。定言命法に従ったものが善なのである。その厳格性ゆえに、現実に適用すればまずい事態を招くものとなりうる。バンジャマン・コンスタンは次のような例を引いてカントを批難している。

人殺しに命を狙われている友人を匿《かくま》っている。そこにその人殺しがやってきて、友人の所在を問う。その時、カント的倫理に従えば、嘘を吐《つ》いてはならない。なぜなら、「真実を話すこと」が定言命法だからである。実はカントの著作にはこうした記述はない。にもかかわらず、カントは自分がそうしたことを書いたと勘違いして、コンスタンに反論を加える。やはり嘘を吐いてはならぬのである。カントにとって、善悪は外的な基準によって決定されるものではない。義務のために義務を意志することが善なのである。

ただこの反論の中で、カントは密《ひそ》かに、いや公然と、目的としての善をもちこんでいる。芬々《ふんぷん》と道徳臭がたちこめている。定言命法に従うことが善であるならば、何も真実を話すことが義務になるとはかぎらない。ただ形式にかなえばよいのであって、何をなすのか、内容は問われないはずである。善であるか否かは最初から決定されているのではなく、行為が定言命法に従っているかどうかによる。たとえば、コンスタンの例ならば、「人の命が助かる確率を最大限にするように行為せよ」という格率でもよかったはずである。さらにもっと極端に「嘘をつく」ことを普遍的立法とすることも、原理的には可能である。ただし普遍立法が嘘になるかもしれないが。

これに関して、カントの真理をサドにみるというジャック・ラカンの見解がある。ラカンによると、サドの格率は「我は汝の身体によって享楽する権利を有し、この権利を我は、我が堪能したいと思う気まぐれな濫用ぶりをいかなる限界によっても妨げられることなく、行使するだろう」というものになる。

ただし、「嘘をつく」ことも「他人の身体を享楽する」ことも、普遍的立法であるかぎり、個人の快楽や利害の追求とは無縁のところで行使されなければならない。そもそもそうでなければ何ほどの意味もない行為である。それゆえ実践的自由は、冷厳なもの、あるいは乾いたものとならざるをえない。実際、サドの中では、クロソフスキー、ブランショ、バタイユといった人たちが見定めていたように、アパティア（無感動）が通奏低音として響いている。

普遍とは自分を超えたものとして与えられる。たとえば数学の定理を考えてみればよいだろう。それは私がそう思うから正しいのだというような貧相なものではない。そう思う以前から決まっており、どう思おうと正しい。そうでなければならぬものなのである。

もう一つ見落としてならないのは、サドは子供だということである。三島由紀夫は『サド侯爵夫人』の中で、サドの蛮行について「子供が蝶の羽をむしるような、自然な、ごく自然な事件だったのでございますわ」とサン・フォン伯爵夫人に言わしめる。子供は無邪気にリミットを超える。リミット自体がわかっていない。そしてサドの従った自然法則には、「すべし」ということは書かれていない。

倒錯者たる彼が英雄となるのは、牢獄の中においてであり、文学空間の中においてである。そこでサドは、絶対的自由を肯定する英雄となる。だが、遅れてやってきた革命によって、サドは立場を失い、以後、沈黙する。そこには無様に肥満し、歯も髪の毛も抜けた老人しかいなかった。「ギヨチンがエロティシズムの暗黒の死を扼殺《やくさつ》してしまった」（ボーヴォワール）のであり、一七九〇年にシャラントランから解放されて以降、彼は「もはやサドではない別の人間である」（澁澤龍彥）。

いずれにしても、サドは近代的主体の自由のモデルとはならない。ついでにいうと、カントの「いかなるときにも真実を話す」というのは、大人が子供に諭《さと》すような道徳である。

ねばならぬ

では、なぜ絶対的自発性である自由が発動し、経験世界のなかに現れると、当為すなわち「すべし」になるのだろうか。

絶対的自発性がほとんど不可能なものであることはすでにみた。いかなる外的な動因によることもなく行為するとは、ただその行為をすることでしかない。ただ席を立つ、ただ黙然と弁当を食らうだけである。

カントを徹底すればこうなる。内的な意志の自由が発動するとはそのようなものである。そこには通俗的な意味での道徳は、その残滓すらない。善も悪もないのである。席を立てば善かもしれぬし、弁当を食えば悪になるだろう。蓋然的には悪になる確率が高い。いずれにしても、善悪は結果に対する外からの、そして後からの判断にすぎない。時として行為はそうした尺度自体をも破壊する途方もないものとなる。

その行為の主体にとってみれば、立つべきだから立ったのであり、食うべきだったから食ったのである。そうとしか言いようがない。それ以上の理由をつければ、絶対的自発性ではなくなる。それは、快の追求や自己保存とは無関係であり、利害と関心の基点としての自己を超えたものである。自分が望むのではなく、切迫として自分に迫るものである。真の自由とはそうしたものである。ここに近代的な主体をめぐる最大の逆説がある。「したい」や「できる」は自由ではない。それは自然に書き込まれている。だが「すべし」、言い換えるなら「ねばならぬ」は書き込まれていない。それは絶対的自発性としての自由の唯一の様相表現である。立たねばならぬから立ったのであり、食わねばならぬから食ったのである。

　自由が当為（ねばならぬ）として現れる病態としてかつての拒食症（アノレクシア・ネルボーザ）がある。彼女たちは、自律的な行為として食事のコントロールを始める。あるいは自律（オートノミー）を求めて始める。なにゆえ拒食なのだろうか。おそらくは、食べることを拒否するのは、人間にとって最も原初的な自律の表現だからだろう。

　彼女たちには痩《や》せたいという願望がある。人から容姿について指摘されたことから始まることもしばしばある。一見了解可能なようにみえるが、度を超している。もう十分ではないかという状態になっても、やめることはない。皮膚が骨に張り付いてさえも、まだ痩せなければならぬという。これは飽食の時代に始まった病態ではない。まだひもじさを抱え、飢えの恐怖の記憶が残る時代からのことである。

　拒食を始めた当初は、空腹による生理的な高揚感、減量のもたらす軽やかさ、食事をコントロールしているという自己統制の自信が与え返される。しばしオートノミーがもたらされる。最初は「痩せたねえ」と軽口をたたいていた周囲も、次第に、彼女に取りつく島がないように感じる。だが、拒食は次第に当為（ねばならぬ）に明け渡されていく。食事の管理はより徹底されていく。放置すれば死に至ることも起こりえる。

存在の励起するとき、人は共同世界から浮き上がり、日常的な意味連関は稀薄となる。そして絶対的自発性としての自由が胚胎する。

それまでよどみなく流れていた経験はなめからさを失い、ぎこちないものとなり、逐一《ちくいち》、立ち止まらされ、その意味が問われる。孤独のなかで、おのれの所作は世界から意味を与え返されず、おのれの中にしかその根拠を持たなくなる。そして動機の連関が見失われる。

こうして胚胎した自由は、ある種の切迫として、内部から主体を突き動かす。何かをなさねばならない。だが、何をなせばよいのかわからぬ。いつしか養賢にはこうした焦燥が宿ることになる。

ジャン＝リュック・ゴダールの映画『勝手にしやがれ』（一九六〇）は、全編、こうしたスキゾ的焦燥に染め上げられた作品である。ジャン＝ポール・ベルモンドが扮する主人公ミッシェル・ポアカールは、唐突に警官を殺害した後、成り行き任せに車泥棒の生業《なりわい》を続け、アメリカ娘を口説きつつ、あてのない逃走を続ける。

映画の冒頭、ポアカールは「結局、俺はばかだ。結局のところ、そうでなければならぬ。ならぬのだ！」（“Après tout, je suis con. Après tout-si, il faut. Il faut!”）と呟く。松浦寿夫はこの“il faut”すなわち「ねばならぬ」を「形式のゼロ度」であると指摘している。（『絵画の準備を！』）

このシーンで、il faut は je suis con（俺はばかだ）を対象としているが、ポアカールの存在自体が、目的語のない il faut のごときものである。Il faut は、虚空に向けて発せられ、その対象を求めては、結局はばか（con）と呼ぶよりない無意味な行為へとポアカールを煽《あお》るのである。

この「ねばならぬ」の促迫に、養賢も駆り立てられたのではないだろうか。何かをなさねばならないのだが、はたして何をなすべきかがわからぬ。それは予見もできないのだが、何か特別なこと、途方もないことをしでかしてしまうことになるのかもしれない。いつもと変わらず朝の作務を終えた後、そのような焦燥を抱えながら、彼は京都の街中を彷徨していたのだろう。

日も暮れて、何食わぬ顔をして寺に帰ると、夕方の作務が始まる。いつもと同じ光景なのだが、どこかよそよそしい雰囲気がある。もしかしたら寺の者たちは、自分の中に何か不吉なものが胚胎したことに気付いているのかもしれない。あるいは私をそそのかしているのだろうか。そういえばこの頃、住職は何か思わせぶりなことを言っている。私に当て付けているのだろうか……。そんな疑心暗鬼の中に養賢はいたのかもしれない。

通常ならば、「ねばならぬ」の促迫は、いずれそれは外へと投射され、変形を蒙《こうむ》ることになる。「まわりは私のことを特別な目で見ている」。「何かが仕組まれている」。「自分のことを逮捕しにやってくるのではないだろうか」。「どこまで行こうと私をつけまわし、待ち伏せしているやつがいる」。こうして外界は変容し、症状が産出される。

なぜ投射されるのだろうか。それは自分の中にもちこたえることのできぬものだからである。ひとたび行為として発動したならば、それは自分の手を離れ、そして自分をどこに連れて行くのかわからない。はたして世界の中に回収されるかどうかも見当がつかない。いや回収されるべくもない。まさに兇事を、アポカリプスを呼び込むことになるだろう。

小説『金閣寺』の最終章で、深夜、すべての支度を終え、あとは火を放つばかりになったところで、主人公の溝口はしばしその手を止め、金閣を眺めつつ、次のように独白する。

> 見るがいい。今や行為は私にとっては一種の剰余物にすぎぬ。それは人生からはみ出し、私の意志からはみ出し、別の冷たい鉄製の機械のように、私の前に在って始動を待っている。その行為と私とは、まるで縁もゆかりもないかのようだ。ここまでが私であって、それから先は私ではないのだ。……何故私は敢て私でなくなろうとするのか。

一体誰が駆り立てるのだろうか。それは自分のもっとも深奥にありながら、自分ではない何かである。「ねばならぬ」と命ずるのは自分であったはずなのに、もはや自分ではなくなろうとしている。定言命法とは、私が聴き従うものだったのである。結局のところ、考えているのも、仕組んでいるのも他者なのだろうか。

「ねばならぬ」には対象がない。何をなすべきかは明示されない。まさに虚空へ向けて放たれた il faut である。それゆえ行為が発動しても、それはまとまりを欠き、不発に終わるか、あるいは頓挫する。

だが、ある時、養賢の脳裏に、天啓のごとく「金閣を焼く」という想念が到来したのである。

金閣はつねにそこにいた。そしてすべてを見ていたのだ。金閣こそが、私を指名し、ここまで連れてきたのだ。私を呼び寄せ、私に取り憑いたこの怪異なもの、それを滅ぼし、冥府に帰らせねばならぬ。焼かなければならぬのだ。金閣が焼け落ちる時、自分もまた死ぬだろう。だが、そうするよりないのである。私のやるべき途《と》轍《てつ》もないこととはこれだったのだ！

祈るような気持ちで想いを馳せるなら、私はこのような言葉を養賢に与え返すだろう。彼の考えは、もはや彼自身の統制を離れ、それ自身の理屈に従って繰り広げられている。もはや、考えているのは自分ではなく、他者であり、すべては他者が仕組んだことなのかもしれぬ。だが、それを奪い返さねばならない。のちに三島が「金閣を焼かなければならぬ」という言葉を主人公に到来せしめたように。

第5章　離隔

この書のもう一人の主人公、三島由紀夫（本名平岡公威《きみたけ》）は、大正十四年（一九二五年）一月十四日、東京四谷に生まれた。林養賢より四歳年長である。翌年には年号が昭和に変わり、三島は昭和とともに齢を刻むことになる。二十歳で終戦を迎え、昭和四十五年十一月二十五日、四十五歳で自決してその生涯を閉じた。

祖父は元樺太庁長官平岡定太郎、兵庫県に生まれ、平民から官僚となり、身を興した。祖母は旧幕府若年寄永井玄蕃の嗣子の娘夏子である。父梓《あずさ》は農商務省の官僚、母倭文重《しずえ》は開成高校第五代校長の橋健三の娘である。

祖母は名流の出自を誇り、気位が高く、その猛烈なヒステリー発作には、家人の誰も逆らうことができなかった。生まれてすぐに孫の三島を自室に引き取り、実に十三歳になるまで、その膝下から離さなかった。外で遊ぶことは禁じられ、遊び相手としてあてがわれるのは女児に限られた。母は子どもの幽閉を恨み嘆きながらも、手をこまねくよりなかったのである。

三島由紀夫に生涯にわたって取り憑いた宿痾《しゅくあ》は「離隔」である。端的にいえば、現実感の稀薄さである。それがいかなるものであったかは、彼の著作の随所で示されており、『金閣寺』においても重要なモチーフとなっている。冒頭近くで、離隔は主人公溝口の苦しむ吃音に託される。

> 吃りが、最初の音《おん》を発するために焦《あせ》りにあせっているあいだ、彼は内界の濃密な黐《もち》から身を引き離そうとじたばたしている小鳥にも似ている。やっと身を引き離したときには、もう遅い。なるほど外界の現実は、私がじたばたしているあいだ、手を休めて待っていてくれるように思われる場合もある。しかし待っていてくれる現実はもう新鮮な現実ではない。私が手間をかけてやっと外界に達してみても、いつもそこには、瞬間に変色し、ずれてしまった、……そうしてそれだけが私にふさわしく思われる、鮮度の落ちた現実、半ば腐臭を放つ現実が、横たわっているばかりであった。

三島にとってこの離隔の正体をなすのは言語である。それは彼と現実のあいだに横たわっている。ただし、事情はそれほど単純ではない。

そもそも言語とは両義的な意義をもつ。一方で、言語は人を現実から隔てる。その意味では、三島だけではなく、誰にとっても離隔となる。

だが、この癒しがたい離隔を埋め合わせるのも、また言語である。身体にささった刃物が、そこに留まったまま、その傷口自体を塞いでいるようなものである。それを抜いてしまえば、存在は瓦解する。

そして言語は、その彼岸に、生き生きとした現実があるという幻想を与える。ただしそれは単なる錯覚ではなく、そこにはなにがしかのリアリティがある。そもそも、言語のようなものが作り上げられたのは、人という自然種としての畸型《きけい》が、何らかの欠損を抱えているからであり、それを補うものとして要請されたからだろう。言語はメディウム（媒質）であり、それを通して、われわれは身体や他者へと接続している。

三島の言語の特異性は、リアリティへの回路が半ば閉鎖されているところにある。現実はいつも一歩遅れてやってきて、鮮度の落ちたものとして与えられる。むしろリアリティは言語空間の内部で作り出さなければならなかったのである。

三島の文芸はそうした背景のもとに始められた。生きる術《すべ》だったのである。すでに学習院の中等部在学中から、その才には文学仲間の大人たちでさえ一目置くものがあった。

三島にとっては、文芸が、そして書くことが生そのものであった。そしてその作品は生きた証し、それもほぼ唯一の証しだった。戦時下の困難な状況で、三島は処女作『花ざかりの森』の出版にこぎつける。祖父定太郎の樺太庁長官時代の伝手《つて》をたどって稀少な紙を確保し、伊東静雄や川端康成といった文豪たちに不器用に媚《こび》を売り、いくつもの出版社に足を運んだ。こうしたなりふり構わぬ行動を「俗人」と揶揄《やゆ》する者もいた。

その一方で、猪瀬直樹が指摘したように、三島は自分が生き延びることには、あまり執心していなかった節がある（『ペルソナ――三島由紀夫伝――』）。たとえば、帝大予科の同級生たちは、より生き残る確率の高い道として、士官として入隊する道を選んだが、彼はそうしたことに関心を示した様子がない。結果的には、父梓の計《はか》らいで、祖父の実家のある兵庫県印南郡志方町（現加古川市）で入隊前検査を受け、見事失格となり、兵役を免れた。だが、それは田舎の青年たちに混じれば、ひ弱さがひときわ目立つのではないかという父の奸計《かんけい》が当たったのではなく、検査当日に発熱し、聴診した医者が、胸部の雑音を結核性のものと誤診したことによる。

戦争は、三島にとって必ずしも絶望的なことではなかった。彼の閉じられたナルシシズム的世界の中では、何かが起きるということがない。それゆえに、兇事が到来して、リアリティを与えてくれるのを、少年時代から待望していたのである。軍靴の響きに心を踊らせることも、天皇の姿に心酔することもなかったが、迫り来る死の影、あるいは絶滅の予感は、むしろなにほどかの生きるリアリティを彼に与えるものだったようである。彼は終戦に対して、なんの感慨ももたなかった。悲嘆するわけでもなければ、解放された安堵もなかった。むしろそれは、死の脅威が遠ざかることにより、あの離隔の日常が再び始まることを意味した。

> 私にとって、ただ私にとって、怖ろしい日々がはじまるという事実だった。その名をきくだけで私を身ぶるいさせる、しかもそれが決して訪れないという風に私自身をだましつづけてきた、あの人間の「日常生活」が、もはや否応なしに私の上にも明日からはじまるという事実だった。
>
> 『仮面の告白』

昭和二十年の早春、大学の勤労動員で群馬県の中島飛行機小泉工場に行つてをり、やがて、神奈川県の海軍高座工廠《かうざこうしやう》へ移つた。終戦を迎へたとき、私は後者の動員学徒であつた。

日本の敗戦は、私にとつて、あんまり痛恨事ではなかつた。それよりも数ヶ月後、妹が急死した事件のはうが、よほど痛恨事である。

「終末感からの出発——昭和二十年の自画像」

三島の精神世界

死を身近に感じることによって生きている実感が得られるというのは、あまりにも図式的な、そして凡庸な心理機制にみえる。だが、こうした書割のような単純さが、三島という人の特質なのである。

もう一つ、三島に実感を与えるものの系列がある。それは先ほどの溝口の吃りの描写の中に示されているように、「腐臭を放つ」現実である。これもまた離隔の系譜に入るようにもみえるが、若干様相を異にする。鮮度こそ落ちていても、色褪せてはいない。むしろ逆説的な生命性を喚起する。事実、三島の養育環境そのものが、狷介《けんかい》な祖母の放つ腐臭に満ちたものだった。抹香くさい身体に抱かれ、狂乱の渦の中に巻き込まれていたこともあったであろう。実際、三島の文学の中で、いわゆる玄人筋に評価されるのが、老婆や醜女の記述である。『豊饒の海』の蓼科《たでしな》などはその最たるものだろう。この「根の母の悪意」は、『仮面の告白』の冒頭ちかくに現れる汚《お》穢屋《わいや》に対するひりつくような欲望としても現れる。いわゆるクリステヴァのいうアブジェクトなものへの嗜好性である。

彼のいわゆる趣味の悪さもまた、この系譜に入るものかもしれない。没落したとはいえ、決して貧しくはない環境に育ちながら、文芸以外の音楽や絵画などの芸術、服装、食へのセンスはよいとはいえない。むしろ俗悪であり、それを露呈して楽しんでいた節もある。

彼が手放しで美しいと感じたものの代表が、ギリシア的なものである。とりわけアポロン的な均整のとれた美は彼を魅了した。ただし、後年自宅に据えられたアポロン像は、決して趣味のよいものではない。

希臘《ギリシア》人は外面を信じた。それは偉大な思想である。キリスト教が「精神」を発明するまで、人間は「精神」なんぞを必要としないで、矜《ほこ》らしく生きていたのである。希臘人の考えた内面は、いつも外面と左右相称を保っていた。希臘劇にはキリスト教が考えるような精神的なものは何一つない。それはいわば過剰な内面性が必ず復讐をうけるという教訓の反復に尽きている。

「アポロの杯」

三島はギリシア的なものを発見するとともに、「精神」は呪詛すべきものとなる。ここでいう「精神」とはキリスト教の発明になるもの、すなわち内面であり、屈折が生み出した産物である。それを三島は太宰の中に見出すだろう。

三島の心理分析は明晰である。だが、それは感情を閉鎖した上に成り立つ、あたかも型録《カタログ》のようなものである。分析し、組み立ててみせただけであり、そこに実感はなかっただろう。そのことは、彼の文章にふと挿入される、どうしようもなく凡庸な常套句に現れることがある。

他方、人間心理の手前にある感覚的な水準にあるものへの感性は鋭敏である。文章も感覚的にとらえていたようなところがある。その意味で、近代小説より古典の方が本来は向いている。この鋭さゆえに、ときどき言葉が上滑りして、修辞のための修辞、逆説のための逆説を弄するようなところがあり、文意が曖昧《あいまい》になることがある。そのあたりは寺田透にかなりしつこく追及されている。

この「感覚の論理」とでもいうべき創作については、『鏡子の家』における夏雄の作画方法が参考になる。夏雄が風景をみるとき、他人はノイズであり、描かれた作品の中には人影がない。彼はまず、自然という大伽藍《だいがらん》を崩壊させ、空間的な原素へと、還元するところから始める。

> まことに喜戯的なこの魂！　無意味を容認し、無意味をつゆほども怖れない魂の前に、制作のさまざまな無限の自由がはじまり、感覚と精神の放蕩《ほうとう》がはじまる。彼は形象と色彩をこねまわし、あちこちへ動かし、逆さにし、横にし、……自分自身にも定かに知られていない一つの秩序にむかって、永いこと無秩序を玩具《おもちや》にしているのである。
> こんな作業には、まさしく苦渋のうちに歓喜がにじみ、理性のうちに陶酔がまじって、綿密な技術的配慮が放恣《ほうし》な感覚的耽溺《たんでき》と一緒になっていた。　『鏡子の家』

つまり三島の精神世界は、論理的なものと感覚的なもので成り立っており、その間にあるはずの感情や心理的なものが抜け落ちている。その欠落を両者で補っているのである。

ただ、もう一つ付け加えておくべきものがある。それは三島の子どものような素朴さである。身構える必要のないところでは、彼はむしろやさしい人であった。たとえば妹美津子への思い、あるいは利害のない友人たちとの屈託のない交流などは見逃すべきではないだろう。これらはナルシシズムの手前にある回路である。

父と母の子ども時代の三島への寸評は対照的である。父は能面のようであると評し、母は天使のようだったという。おそらく、そのどちらもが、三島の出発点にある本性（ネイチャー）なのだろう。

『仮面の告白』

昭和二十二年十一月、東大法学部を卒業し、父の意向に従い、高等文官試験を受け、十二月、大蔵省に入省する。その後、役所と文筆の二重生活を続けるが、昭和二十三年七月、疲労と睡眠不足から、通勤途中に渋谷駅のプラットフォームから転落したことを機に、父は作家になることを容認した。

三島には反抗期らしきものはまったくない。少年時代から、文筆を禁ずる父を恐れながら、母に庇《かば》われて、創作を続けていた。三島は晩年に至るまで、自分の書いたものをほとんどすべて母にみせている。文筆一本でやっていくことを容認した父は、「その代り日本一の作家になるのが絶対条件だぞ」と言い渡したという。三島の父、梓は、どこか調子外れなところのある人であるが、ここではその詳細は割愛する。

退職が決まる少し前に、河出書房から書き下ろし長編小説の執筆依頼が舞い込む。三島はその前年から自伝的作品を書くことを計画していたが、これを機に、作家生命を賭けてそれに取り組むことになる。編集者の坂本一亀（坂本龍一の父）には「今度の小説、生れてはじめての私小説で、もちろん文壇的私小説ではなく、今まで仮想の人物に対して鋭《と》いだ心理分析の刃を自分に向けて、自分で自分の生体解剖をしようといふ試みで、（中略）ボオドレエルのいはゆる「死刑囚にして死刑執行人」たらんとするものです」と告げている。こうして世に出されたのが『仮面の告白』である。結果的に、この作品の成功によって、三島は「文壇の通し切符」を手に入れることになる。

とはいえ、執筆は難渋をきわめた。擱筆《かくひつ》は昭和二十四年四月であり、約束より二ヶ月遅れている。坂本の取り立ては相当厳しかったらしい。筆は停滞し、「後半の粗さは息もたえだえに疲れて来て、しかも〆切を気にしすぎたことから起こつた」（「私の遍歴時代」）と述懐している。作家には珍しく、三島が入稿の期日に遅れたことはほとんどない。原稿に限らず、約束を守ることについてはきわめて厳格である。後年、盟友となりえた黛敏郎と、彼が〆切を守らなかったという理由で訣別している。

自伝的作品に挑んだのは、戦後の空白の中で彼自身が自分を見失いかけていたことにある。

種々の事情からして、私は私の人生に見切りをつけた。その後の数年の、私の生活の荒涼たる空白感は、今思ひ出しても、ゾッとせずにはゐられない。年齢的に最も潑剌《はつらつ》としてゐる筈の、昭和二十一年から二・三年の間といふもの、私は最も死の近くにゐた。未来の希望もなく、過去の喚起はすべて醜かった。私は何とかして、自分、及び、自分の人生を、まるごと肯定してしまはなければならぬと思つた。

「終末感からの出発——昭和二十年の自画像」

終戦とともに、あの日常、そして離隔が再び戻ってきた。だが、その懸隔を埋め、彼自身の生きる術であった文筆は、戦後の潮流の中では受け入れられがたかった。「中世」、「煙草」、「盗賊」、「岬にての物語」など、戦後に発表された作品は、わずかに川端康成などには評価されたものの、原稿を持ち込んだ筑摩書房では、中村光夫に「マイナス百五十点」をつけられ、ボツにされるありさまだった。彼の擬古典主義的散文は、私小説や自然主義が幅を利かせた文壇では居場所がなかったのである。

（……）文壇はまた、疾風《しつぷう》怒《ど》濤《たう》の時代を迎へてゐた。
私も内心、さういふ波に乗りたい気があつたが、戦争中の小さなグループ内での評判などはうたかたと消え、戦争末期に、われこそ時代を象徴する者と信じてゐた夢も消えて、二十歳で早くも、時代おくれになつてしまつた自分を発見した。これには私も途方に暮れた。「私の遍歴時代」

こうして柄《がら》にもない私小説が生まれる。「柄にもない」というのは、単に似合わぬということだけではない。そもそも三島には私小説が書けないのである。にもかかわらず、そのことが、逆説的にも私小説としての新境地を開くものを生み出した。このカラクリに気づいていたかどうかはともかく、文壇はそれを認めた。というより、認めざるをえなかったのである。

告白の不可能性

『仮面の告白』という直截なタイトルが示すように、この小説は告白である。いうまでもなく、私小説の基本である。だが、告白という行為は、そもそもが不可能なものである。そしてその不可能性の上に成り立ついとなみである。

なにゆえに告白は不可能なのだろうか。なぜなら、その時、語る自分と語られる自己が分裂するからである。かりに告白によって、自分についての真実を書くとしても、そこには書き手としての私、そして書くという行為自体は書き込めない。それゆえ純粋な記述たりえない。もしも真実を書こうとするならば、書き手としての私もそこに書かれなければならない。告白は決して自分に追いつかないのである。

三島はこうした分裂を自覚していた。ただし、それは裏返しの形での自覚である。

> 私は一種の告白小説を書くに当つて、方法的矛盾を怖れてゐた。そこで考へたことは、作品の中から厳密に「書き手」を除外せねばならぬといふことであつた。何故なら、もし「書き手」としての「私」が作中に現はれれば、「書き手」を書く「書き手」が予想され、表現の純粋性は保証されず、告白小説の形式は崩壊せざるをえない。
>
> 「あとがき「仮面の告白」」

そもそも私小説というのは、作者が自覚しているかはともかくとして、こうした分裂を前提としている。書かれたものは、単に事実として読まれるのではない。作者の書く行為を、さらにはその生を、われわれはそこに読み取る。むしろこの書いている私こそ、作家がそこに書き込むべきことなのである。

私小説を読むとき、私にはおぞましい内臓感覚がしばしば沸き起こる。それは、その内容に対するものであることももちろんある。誇張や歪曲、あるいは虚偽の可能性を認めたときのこともある。

だが、それ以上に気持ち悪くなるのは、告白の構造に寄生して、自分をさらけ出す行為に淫《いん》している作者を感じるときである。

その男は、自分がそこに居合わせないこと、自分はそこに追いつかないことに安んじている。それでいながら、これが私なのだとしたり顔をして、そうした自分に酔っている、醜悪なタイプの、三島とは別種のナルシシズムがそうした作品にはある。三島が太宰に抱いた嫌悪感もまた、こうした類《たぐい》のものだったのではないだろうか。

この嫌悪は、太宰がそのナルシシズムを突破し、その作品に殉じたとき、三島嫌いが三島の死に際して反応したように、いささか度を失って表出された。

> (……)太宰の文学に接するたびに、その不具者のような弱々しい文体に接するたびに、私の感じるのは、強大な世俗的徳目に対してすぐ受難の表情をうかべてみせたこの男の狡猾《こうかつ》さである。
>
> この男には、世俗的なものは、芸術家を傷つけるどころか、芸術家などに一顧も与えないものだということが、どうしてもわからなかった。自分で自分の肌に傷をつけて、訴えて出る人間のようなところがあった。被害妄想というものは、敵の強大さに対する想像力を、強めるどころか、却《かえ》って弱めるのだ。想像力を鼓舞するには直視せねばならない。彼の被害妄想は、目前の岩を化物に見せた。だからそいつに頭をぶつければ消えて失くなるものと思って頭をぶつけ、却って自分の頭を砕いてしまった。
>
> ドン・キホーテは作中人物にすぎぬ。セルヴァンテスは、ドン・キホーテではなかった。どうして日本の或る種の小説家は、作中人物たらんとする奇妙な衝動にかられるのであろうか。

『小説家の休暇』

三島と太宰は、言語への感性、そしてそのナルシシズムの様態が対極にありながら、奇しくも作中人物に殉ずるという点で、似たような運命を辿ることになる。

本心のない作家

『仮面の告白』は私小説の体をとっているが、書き手としての三島は、この小説の中に居合わせない。そのことを彼自身は自覚していた。

> この小説では、「書く人」としての私が完全に捨象される。作家は作中に登場しない。しかしここに書かれたやうな生活は、芸術の支柱がなかつたら、またたくひまに崩壊する性質のものである。従つてこの小説の中の凡《すべ》てが事実に基づいてゐるとしても、芸術家としての生活が書かれてゐない以上、すべては完全な仮構であり、存在しえないものである。「「仮面の告白」ノート」

だが、三島はあえて「書く人」としての自分を、作中に持ち込まなかったのではない。そもそも持ち込めないのである。語り手としての、書き手としての自分は、つねに局外にすべり落ちてしまう。それは彼に取り憑いた離隔のなせるわざである。たとえすべてが事実に基づいていても、それは仮構としての虚無を彼に残していく。それも「完全な仮構」である。

『仮面の告白』があけすけなタイトルだというのは、まさにそれが「仮面の告白」だからである。この仮面のウラには何もない。その向こうに素顔が隠されているわけではないのである。それゆえ本多秋五の放った「本心のない作家」という批評は、三島をドキリとさせたのではないだろうか。三島自身が言ったように、この小説は「文壇的私小説」ではない。おそらく書かれたことのほとんどは事実とみなしてよい。もし事実でないとしたら、あまりにも作り物のようであり、読むに値しない。もちろん、多少の脚色はなされてはいるだろう。だが、それはテクストの外部からの操作にすぎない。彼はつねに外に取り残される。

テクスト空間という織物の中に、言語という差異のシステムの中に、書き手としての三島は住むことができない。書いている自身はそこにいないのである。もし大掛かりな操作を加えたならば、それは途端にパロディになっただろう。事実かパロディかの二者択一、三島には虚実皮膜ということがない。それが彼の「仮面」の正体である。

では、仮面ならぬ素顔とは何だろうか。あるいはもっと単純化して、顔とは何だろうか。それは表出の場である。感情、態度、意図といったものがそこで表出される。だがそれは一義的に決定されるものではない。コード化された表出ならば、仮面でも可能である。その場に応じて付け替えることもできる。だが、顔には曖昧《あいまい》さが残る。現れ出るとともに、隠れる動きがある。それゆえ、われわれは表情を読み取ろうとする。とはいえ、顔の裏側に何かがあるというわけではない。一皮剝けば、血の滴《したた》る顔面筋があるだけである。すべては顔という場で生起する。

張り付いたフラットな表面と、微分的な差異の明滅するマトリックス。素顔にあって仮面にないもの、それは差異のうごめきである。顔もまたメディウム（媒質）であり、それを通してわれわれは相手のアフェクトを感じ取る。そもそも素顔は不気味なものであり、それゆえにコード化され、認識に落としこまれる。「彼は怒っている」、「機嫌がよさそうだ」、「哀しんでいる」等々。だが、アフェクトそのものは、メディウムから直接感じ取るよりない。というより、伝わってくるのである。

父梓の回想では、三島は能面のような無表情な子供だった。仮面は彼のデフォルトである。まさに仮面が顔だったのであり、顔をメディウムとしたアフェクトの回路は閉鎖されている。のちに三島はいくつかの仮面を身につけるようになるだろう。たとえば定番の「ガハハハ」という破顔一笑。確かに豪快なのだが、そこに彼自身の身を揺すぶるような情動はあっただろうか。

仮面という存在の悲しみは、『仮面の告白』の中で、園子への接吻において示される。

> 私は彼女の唇を唇で覆った。一秒経った。何の快感もない。二秒経った。同じである。三秒経った。――――私には凡てがわかった。

接吻のあと、園子はみずみずしく変容するが、彼は無残にも取り残される。接吻という観念に取り憑かれるのは、三島だけではない。というより、青年というものは概してそういうものだろう。だが三島の場合、そこに喚起されるはずの切なくも甘ったるく込み上げてくる情欲というものがない。接吻をすれば欲望がついてくるかもしれないと期待するのだが、それは無残に打ち砕かれる。三島の場合、肉欲は倒錯という回路を要した。もっとも異性愛は完全に閉鎖されていたわけではない。のちに述べるが、豊田貞子という令嬢との稀有な出会いによって、いったんは解放される。

昭和三十年から三年間、『金閣寺』の執筆前後の時期である。それが彼の最も充実した時期だったのではないだろうか。

詩を書く少年の絶望

言語の問題に戻ろう。言語もまたメディウム（媒質）であり、表出が行われる場である。だが、顔と同じく、三島の言語は仮面のようなものであるかもしれない。というのも、彼自身がそこに居合わせないのである。制作者でありながら、それも天才的な制作者でありながら、彼は作品のなかに内在することに難渋する。この弱点が顕著に露呈するとしたら、まさに私小説というジャンルである。『仮面の告白』は逆説的な成功を収めたものの、脱稿が遅れたのも故《ゆえ》なきことではない。

私小説とはいったが、もしかしたら三島は小説全般が苦手だったのかもしれない。しばしば指摘されることだが、三島は小説よりもむしろ評論や戯曲を得意とする。評価も高い。そして、小説よりもさらに苦手としたのが詩である。

三島は、すでに六歳から習作を始め、十代に入ると本格的に詩作に取り組む。その行程は、「詩を書く少年」に詳しい。詩はまったく楽に、次から次へ、すらすらとでき、外界はやすやすと変貌した。毎日辞書を丹念に読んだが、それらのことばが体験によってはじめて作り出され、色づけされるものとは考えていない。自分のことを天才だと確信していたが、自分自身には大して興味をいだいていなかった。

ところが、ある時、それが贋物の詩人であることに気づく。「自分が贋物《にせもの》の詩人である、或ひは詩人として贋物であるといふ意識に目ざめるまで、私ほど幸福だった少年はあるまい。その目ざめから以後、私は小説家たるべき陰惨な行程を辿《たど》るのである……」（「おくがき（「詩を書く少年」）」）。二十代でも作品は散見されるが、実質的にはすでに十代半ばにして、詩は断念されたといってよい。

　では、「贋物であるといふ意識」はどのようにして芽生えたのだろうか。『詩を書く少年』では、学習院中等科時代の文芸サークルの先輩、坊城俊民がモデルと思われるRという青年が登場する。Rと少年（三島）の間に頻繁に書簡のやりとりがなされるが、少年はそこに自分にはない「些少《さしよう》の憂鬱、些少の不安の翳《かげ》」を認める。ある日、Rは若い人妻との引き裂かれた恋を少年に打ち明ける。それは決して美しい眺めではなく、その凡庸さがやりきれなかったが、少年は詩聖ゲーテを引き合いに出して、精一杯慰める。だが、Rは「君にはまだわからないんだよ」と言い、その言葉に少年は深く傷つく。

　Rの恋は真剣だったが、彼の告白の中には、少年にとって何一つ未知な要素はなかった。すべてはすでに古典に書かれたことであり、書かれたものの方がずっと生き生きとしていた。Rが長々と自分の恋人の美しさを語り、彼女がRの額を美しいと褒めたことを自慢げに語ったところで、少年は冷めてしまう。Rの額はさして美しいものとは思われない。少年は「恋愛とか人生とかの認識にうちに必ず入ってくる滑稽な夾雑物《きようざつぶつ》、それなしには人生や恋のさなかを生きられないやうな滑稽な夾雑物」を見たのである。

　少年を目覚めさせた「滑稽な夾雑物」とは何だったのだろうか。それは、突き詰めれば「自我」というものに他ならない。自分のおでこを美しいと思い込む愚かさ、自惚《うぬぼ》れである。恋に夢中になっている自分をあけすけにさらけ出すR、それによって美しいはずの恋は醜悪なものとなる。そのRが示した醜悪さとは自我という夾雑物であり、少年の文学空間に入ってきた異物である。それに接した時、あの山形夏雄に託して夢見られた「ただ眺め、感じ、描くために生れついたような」少年の世界は潰《つい》えたのである。

本来なら、Rの書簡に認めた「些少の憂鬱、些少の不安の翳」の中に、自我というものが感じ取られてしかるべきだろう。テクストに刻まれた外部性である。少年は、それをうっすらと予感しているようであるが、目覚めるまでにはいたっていない。

少年はまだ恋愛を知らない。にもかかわらず、Rの告白の中に何ら未知の要素を認めなかった。実感がともなわなくとも、ことばを使いまわせたのである。手紙にとどめられた憂鬱や不安の翳を一瞬察知しながらも、それはたちまちアフェクトから切り離され、「憂鬱」も「不安」も彼の編纂した辞書の中に絡《から》めとられてしまったのである。

ただ、それまで敬愛していたRの俗物性だけは、夾雑物として取り残された。それは彼の恋愛のディスクールに還元できないものだった。のちに俗物性は、三島のファサード、仮面となる。

それ以降、少年の世界は〈言語空間〉と〈自分自身を含む現実〉に分裂する。無自覚に、ただ眺め、感じ、そして詩を書くという世界から放擲《ほうてき》されるのである。亀裂は決定的である。おくればせにめばえた自我を、彼の詩は映し出さない。本来、世界との亀裂を修復するはずの言語は、その中だけで完結し、それを紡ぎ出す少年はそこから閉め出され、置いていかれる。三島に詩を断念させた幻滅は、このようなものだった。

ちなみに三島は、昭和四十五年十一月十九日付で、Rのモデルである坊城俊民に書簡を送っている。自決する六日前である。そのなかには次のような一節がある。「十四、五歳のころが小生の黄金時代であつたと思ひます。実際あのころ、家へかへると、すぐ「坊城さんのお手紙は来てなかつた？」ときき、樺《かば》いろと杏子《あんず》いろの中間のやうな色の封筒をひらいたときほどの文学的甘露には、その後行き会ひません」。

この幻滅は、小説においても繰り返されることになる。書き終えて、作品として閉じられるたびに、三島は幻滅に逢着していたのである。それが「小説家たるべき陰惨な行程」の実態だったのだろう。

『仮面の告白』については、「凡てが事実に基づいてゐるとしても、……すべては完全な仮構であり、存在しえないものである」という述懐をみた。言語空間にありのままの自分を映し出しながら、それが自分であるとは思えないのである。あたかも湖面に映った自分を自分とは思えないナルキッソスのようではないか。あるいは世界のすべてを書いても、書いている自分だけは書けないということを発見して驚愕したウィトゲンシュタインのように。これが三島のナルシシズムである。

十五歳の幻滅とその反復。それ以降、三島の生来の現実感の稀薄さは、現実との離隔に姿を変える。そしてこの幻滅は、そもそもの始めから自分は現実から拒まれていたのだ、という意識として彼に取り憑くだろう。

この事後的に生起する原初の幻滅は、三島の作品のいたるところに姿を現す。

（……）一瞬毎《ごと》に私へ近づいてくる園子を見ていたとき、居たたまれない悲しみに私は襲われた。かつてない感情だった。私の存在の根柢《こんてい》が押しゆるがされるような悲しみである。今まで私は子供らしい好奇心と偽わりの肉感との人工的な合金《アマルガム》の感情を以てしか女を見たことがなかった。最初の一瞥《いちべつ》からこれほど深い・説明のつかない・しかも決して私の仮装の一部ではない悲しみに心を揺ぶられたことはなかった。悔恨だと私に意識された。しかし私に悔恨の資格を与えた罪があったであろうか？　明らかな矛盾ながら、罪に先立つ悔恨というものがあるのではなかろうか？　私の存在そのものの悔恨が？　彼女の姿がそれを私によびさましたのであろうか？

『仮面の告白』

――幼年は固く封印を押された函《はこ》を大切に持つてゐる。少年はそれを何とかして開けてみようとする。蓋はあけられた。中には何もはひつてゐない。そこで彼は了解する。「寶《たから》の函というふものはこんな風にいつでも空つぽなものなんだ」彼はそれから自分の立てた定理の方を大切にしはじめる。即ち彼は「大人に成つた」のだ。だが函は果して空つぽであつたのだらうか。蓋をあけた途端、何かみえない大事なものがにげ出して了つたのではなからうか。

『煙草』

ミダス王の筆

おくればせの自我のめばえとともに、公威少年の幻想は蒸発した。ことばの褥《しとね》からたたき起こされたのである。自らが紡ぎ出したことばの繭《まゆ》の中にまどろんでいることはもはやできない。そのときまで彼にとって言語は現実そのものであった。そしてその言語を自在に操る術を身につけてきたのである。

もっとも、われわれの現実もまた、言語によって強く構造化されている。だが、ぴったりと一致しているわけではない。どこかに言語には還元することのできない現実のハードコアの痕跡が刻まれている。そしてメディウム（媒質）として、差異の場として、現実と共振する。

すでに述べたように、言語というシステムは、欠陥動物としての人間の存在を補塡する。それはリアルな生からわれわれを隔てるものとして現れるが、むしろ欠陥という負債を引き受けている。そしてみずからの身体と、あるいは他者との間に回路を形成する。自我はその差異の中に析出する。

後年、三島は『太陽と鉄』の中で、みずからの言語の特異性について述べている。

> つらつら自分の幼時を思いめぐらすと、私にとっては、言語の記憶は肉体の記憶よりもはるかに遠くまで遡る。世のつねの人にとっては、肉体が先に訪れ、それから言葉が訪れるのであろうに、私にとっては、まず言葉が訪れて、ずっとあとから、甚《はなは》だ気の進まぬ様子で、そのときすでに観念的な姿をしていたところの肉体が訪れたが、その肉体は云うまでもなく、すでに言葉に蝕《むしば》まれていた。
>
> まず白木の柱があり、それから白蟻が来てこれを蝕む。しかるに私の場合は、まず白蟻がおり、やがて半ば蝕まれた白木の柱が徐々に姿を現わしたのであった。

十五歳の三島に与えられたのは、すでに白蟻に蝕まれ、色褪せた現実だった。他方、言語は現実と相打つことなく、みずからの身体や他者との間には、きわめて貧弱な回路しか結ばれなかった。

それゆえ、詩の世界を断念した後も、三島には言語を彫琢《ちょうたく》し、それ自体で美しいものを作り上げるよりなかったのである。

晩年の六年間、三島と親交のあった高橋睦郎は、この人は何に触れても金に変えてしまう「ミダス王」だと思ったという。三島の文は「綺麗すぎて現実に爪を立てることができない」。彼がひとたび筆を執ると、汚い家ですら、全部黄金になってしまう。（『在りし、在らまほしかりし三島由紀夫』）

金ぴかの表面に自分は映っているが、そのなかには入っていけない。跳ね返されてしまう。金の褥《しとね》に人は住まうことはできない。

さらに白蟻のメタファーが示すように、三島の明晰きわまりない頭脳がことばを操るとき、すべては知解され、溶かしこまれる。どのような思想も、彼の手にかかると、手際よくまとめられ、整理棚にしまい込まれる。ついでに社会のもつ不気味さも縮減される。裏返せば、すべては相対化され、血肉となる思想を見出すことができないのである。

確かに、三島は『仮面の告白』によって、一定の文学的成功を収めた。だが、彼の虚無は一向に解消しなかったであろう。兇変願望は依然として変わらぬままであった。ナルシシズムの牢獄から解放されることを待ち望んでいたのである。昭和二十五年、『仮面の告白』の脱稿から一年後、そこに金閣放火という兇事が舞い込んだ。

第6章　邂逅　小説『金閣寺』

小説『金閣寺』は、雑誌「新潮」に昭和三十一年一月号から十月号まで、一章ずつ掲載され、同年十月、新潮社から出版された。事件から六年後のことである。発行部数は累計三百万部を超える。さらに数ヶ国語に翻訳され、この作品によって、三島は日本を代表する作家としての地位を確固たるものとした。

こうした世俗的な成功もさることながら、『金閣寺』はまぎれもなく三島の代表作である。『仮面の告白』が私小説の新機軸として、文壇が認めざるをえなかったのに対し、『金閣寺』は有無をいわせぬ傑作である。この一作を欠いても、三島は三島たりえるかもしれないが、やはり画竜点睛を欠くだろう。

この小説は、現実に対して「離隔」をもって生きざるを得なかった主人公溝口が、金閣放火という狂行に突入していく道行を描いたものである。金閣はこの離隔を象徴するもの、あるいは離隔そのものとして描かれている。

創作ノートをみると、執筆にあたって、三島は裁判記録や病歴などの資料にあたったほか、関係者や関連する場所についても入念に調査を行っている。執筆前年の昭和三十年十一月には、京都および東舞鶴の取材に出かけ、金閣および周辺を「舐《な》めるようにスケッチして歩いた」（「室町の美学―金閣寺」）という。ちなみにその前月、再建された金閣の落慶《らっけい》法要が行われており、三島はその金色《こんじき》にまばゆく再生した舎利殿を見ている。鹿苑寺《ろくおんじ》内部の取材は謝絶されたため、妙心寺に泊まり込み、禅宗の僧の生活を見聞した。ただし、すでに述べたように、三島は林養賢個人に対しては、さしたる思い入れをもっていなかった。

だが、林養賢の生涯と病歴をみたうえで、あらためて『金閣寺』に目を通してみると、この小説の骨格部分は、モデルをほぼ忠実に踏襲したものであることがわかる。郷里の地名（成生《なりう》）も、通学した中学の名前（東舞鶴中学校）も同じである。大学での席次、犯行前の登楼、カルモチンの購入、非常ベルの故障、犯行当夜に古参の僧が来訪したことまで、ほとんど事実経過と変わらない。犯行日も昭和二十五年七月二日となっている。それがこの作品に迫真性を与える一つの要因となっている。

主人公について、事実と異なるのは、おもに次の三点である。小説では、主人公溝口は父に連れられて金閣を訪れるが、道源はその時すでに死んでおり、養賢は母とともに上京している。また、溝口は終戦を京都で迎えることになるが、養賢は郷里の成生で療養中であった。そして、小説の白眉となる由良《ゆら》海岸へ出奔して金閣を焼く想念を得たエピソードは、完全に創作である。

その上で、三島はそこにいくつかのエピソードを配置し、巧妙なプロットを仕組んで、物語を色づかせる。これらは読んでいて、あきらかにフィクションだとわかる。その点で紛《まぎ》れはない。

フィクションは、おもに三つの系統がある。一つは有為子《ういこ》に代表される女性たち、そして鶴川と柏木という二人の友人、さらに村上慈海とは全くタイプの異なる老師である。

女性の系譜

有為子は小説の劈頭《へきとう》に現れる女性である。彼女は溝口の寄宿先である叔父（小説では伯父ではなく叔父となっている）の家の二軒隔てた家に住んでおり、女学校を出て、特志看護婦として海軍病院に勤めていた。溝口は夜になると美しい有為子の体を思い、空想に耽《ふけ》る。それは白い弾力のある、ほの暗い影にひたされた、匂いのある一つの肉の形に凝結し、それに触れる時の指の熱さ、指に逆らってくる弾力、そして花粉のような匂いを彼は思った。

　ある朝、溝口は部落の外れにある大きな欅《けやき》の木の陰に隠れて、自転車で病院に通う有為子を待ち伏せる。彼女が通りかかると、溝口はその前に走り出るが、立ち止まった有為子を前にして、言葉が口をついて出てこない。「何よ。へんな真似をして。吃りのくせに」という言葉を残して、有為子は走り去る。

　その後、有為子は病院で親しくなった兵士の子を身ごもり、病院から放逐される。そして脱走したその兵士を寺の御堂に匿《かくま》うのだが、弁当を届けるところを憲兵に捕まった。尋問を受けた有為子は、兵士が寺に隠れていることを告げる。その時、溝口はその裏切りによって、自分が受け入れられたと息をはずませる。だが、有為子は兵士に憲兵の来襲を告げた。兵士は応戦するなかで、有為子を撃ち、自らもこめかみに銃弾を打ち込んで死ぬ。溝口は現場で眠り込むが、目を覚ました時、彼に残されたのは朝の冷気の寒さだけであった（第一章）。

　以後、溝口は、ことごとく女性に拒まれる。そのたびごとに、彼は世界から拒まれていることを思い知る。ある時、彼は友人の鶴川とともに南禅寺を訪れ、出征する士官との別れの茶席に同席した美しい女性をみた。女性は士官に乞われて、襟元をほどき、白い豊かな乳房から、茶碗に乳を迸《ほとばし》らせる（第二章）。のちにこの女性は、柏木に捨てられた生花の女師匠として登場する。溝口は柏木に彼女をあてがわれ、かき出された白い乳房を目の当たりにする。だが目の前の乳房は、肉そのもの、一個の物質に過ぎないものとして露呈され、女は蔑《さげす》みながら乳房をしまい、溝口は立ち去る（第六章）。

女性の原型としての母はどうだろうか。『金閣寺』の母は、狡猾《こうかつ》で、そしていささか淫乱なニュアンスをもって描かれている。出だしの第一章、第二章ではほとんど登場せず、第三章において、いきなり衝撃的なエピソードとともに語られる。事業に失敗して成生に帰ってきた縁者を寄宿させていた母は、この男と密通する。ある夜、溝口少年は目を覚まし、蚊帳《かや》の不自然な動きに気づき、その光景を目撃する。すると突如として、父の二つの掌が背後から伸びてきて、目隠しをした。少年は手の中でかるくうなずき、黙契がかわされた。

のちに金閣を訪れた母は、「日に焼けた顔に、小狡《こずる》そうな落ち窪んだ目」をして、「唇だけは別の生き物のように赤くつやつやしており」、「できるだけ醜くしているような」なかに、「澱《よど》みのように肉感を残している」と描かれる。まさにアブジェクトなものである。

『金閣寺』における主人公の母は、三島の小説に登場する女性の一つの類型である。実際の母志満《しま》子《こ》については、昭和三十五年に発表された小林淳鏡の論文の中で、「母の性格は我儘《わがまま》、疳《かん》つよく、派手好き、勝気、所謂《いわゆる》頭痛持ちで、親族も持て余し」であるとか、「母は村民としばしば悶着《もんちゃく》をおこし、かつ真偽不明だが、素行上に不評があった」という文言がみられる。もしかしたら、三島自身が取材中に得た情報にもそうしたものがあったのかもしれない。だが、水上勉は『金閣炎上』において、志満子に対して好意的な見方はしていないが、成生《なりう》の人たちから聴取したかぎりにおいて、素行上の不評はなかったと記している。

私が養賢の従兄弟にあたる林喜正氏から聞いたところでは、養賢の母はともかくもしっかりした人だったとのことである。とりたてて母のことを話題にしたわけではなく、喜正氏が問わず語りに語ってくれたことである。喜正氏は、養賢が東舞鶴中学校に通っていたときの寄宿先であった伯父の林喜一郎氏の息子であり、養賢の三つ歳下である。

鶴川と柏木

林養賢には、予科から大学にかけて二人の友人がいたことが、公判記録に記されている。そのうちの一人Sは、証言を残している。それに対応するように、『金閣寺』には、鶴川と柏木という二人の対照的な青年が登場する。

鶴川は溝口と同じ住み込みの徒弟であるが、東京近郊の裕福な寺の子弟であり、木漏れ日を浴びた純白のシャツが笑うと波立つ、うるさいほど長いまつげをした、陰りというもののないやさしい青年である。溝口の吃音をまったく気にかけることなく、存在するだけで光を放っている、いわば生のための生とも呼ぶべき存在である。

鶴川は、嘲笑や侮蔑のほうがずっと自分の気に入るとしていた溝口に、やさしさを降り注ぐ。そのやさしさは、私（溝口）という存在から吃りを差引いて、なお私でありうることを私に教える。

私はすっぽりと裸にされた快さを隈なく味わった。

　しかしある時、鶴川が示したほんの一瞬の曇りに溝口は失望を感じる。それと入れ替わるように、柏木というもう一人の友と大学予科で知り合う。柏木は酷い内飜足《ないほんそく》で跛行《はこう》するが、恥ずかしさやうしろめたさをまったく示さない。その自分の存在の条件と決して和解しないという信念、誰からも愛されないという確信をもつ。五体の整った男と自分とが同じ資格で迎えられるということは、我慢のならぬ自己冒瀆《ぼうとく》であると考える。いわば内飜足を自分の生の条件としている。そして、世界に突き出てその調和を乱すその足を武器として、人の心理を読み、狡猾に弄《もてあそ》ぶのである。

　その柏木は、明るい表の世界を断念していた溝口に、裏側から人生に達する暗い抜け道があることを教えた。破滅に突き進むようにみえながら、卑劣さを勇気に変え、悪徳を純粋なエネルギーに還元する錬金術を、柏木はもっている。溝口ははじめて同格で話し合う喜びを得る。

　柏木は溝口に対して、友情とも悪意ともつかぬ動機から、溝口に閉じられていたはずの現実、その象徴である女の世界へと手引きする。母、そして最初の屈辱を与えた有為子に代表される女性は、かつて青年にとって、現実にかかわる最大にして最後の難関であった。ただ、溝口のこの現実を突破する試みは、ことごとく惨めな失敗に終わる。

　溝口は次第に鶴川を疎《うと》んじるようになる。柏木とのつきあいについて忠告する鶴川に、「鶴川なら良い友人も得られようが、私には柏木が相応のところだ」と捨て台詞を吐く。その時、鶴川の顔には言うに言われぬ悲しみの色が表れる。

　それから間もなくして鶴川は交通事故で死ぬ。溝口を明るい昼の世界とつなぐ一縷《いちる》の糸が、鶴川の死によって絶たれてしまうことになる。孤独と罪悪感が溝口をみまう。

鶴川と柏木という対照的な役柄の配置は、三島にとっては自家薬籠中の演劇的な手法である。一方に純粋な鶴川、他方に俗悪な柏木。しかし鶴川にはどこかその明るさが、にわかに翳《かげ》りへ転調する危うさをはらむ。柏木の悪は、単に俗物性に収まらない。冷徹な心理分析から、なんのためらいもなく瀆聖《とくせい》を働く。溝口の目の前で、有為子に象徴される女性の化けの皮が、次々に剝がされていく。とはいえ、柏木はアフェクトが枯れているわけではない。自分に近づいてきた溝口のことを嘲笑いながらも、裏返しの友情のようなものがどこかに感じられる。そして溝口は、鶴川のやさしさでは飽き足らず、柏木の方にひかれていくのである。

この二人の青年とのかかわりの中で、主人公の心理がくっきりと象《かたど》られる。演劇的とはいったが、『金閣寺』が他の作品と異なるのは、事がプロセニアムの向こう側で行われているかのごときシアトリカルな印象を与えないことである。というのも、この小説は三島にはめずらしく一人称で書かれているからである。主人公が溝口という名であることは、第一章で、彼が海軍機関学校の生徒に呼ばれることによって明らかになるが、それ以降は一度も出てくることがない。一貫して「私」が語っている。それゆえ、読む者は溝口の主観の中に内在する。

そして溝口は、小説の進行とともに、こうした演劇的配置から抜け出していく。鶴川は死に、その喪に服するように、柏木とも疎遠になっていく。そののち、出奔《しゅっぽん》に際して溝口は柏木に金を借りる。帰還しても一向に返すそぶりもみせない溝口に、柏木はめずらしく冷静さを失い、最終的には住職に直訴するという行動に出る。しかしそれにもさしたる動揺をみせぬ溝口に、柏木はただならぬものを感じてたじろぐ。この訴えによって、溝口はより困難な立場に追い込まれるが、それはすでに放火を決意していた彼にとって、行為を後押しするものにほかならなかった。そもそも、住職に告げ口をするなどというけち臭い手法は、柏木の悪を矮小なものにしている。溝口はもはや柏木ですら手に負えぬ存在に変貌していた。

気《け》圧《お》された柏木は最後の札を切る。それは鶴川の死因が自殺だったこと、そして、鶴川が以前から柏木と親交をもっていたことを、死の直前に、毎日のように柏木に宛てて送った書簡をみせて示したのである。鶴川は柏木と親交をもちながら、それをひた隠しにしていた。一見、無邪気に光り輝いているようにみえながら、その裏に翳りを隠し持っていたのである。

鶴川の手紙は、彼の死に対して自分が抱いた後ろめたさなど届かないところに鶴川がいたこと、彼の苦悩は、柏木には告げられたが、自分は蚊帳の外に置かれていたことを突きつけた。自分は鶴川の前で胸襟を開いていたが、鶴川の魂は閉ざされたままだったのである。鶴川のもつ苦悩は離隔であり、彼の死はそれが癒しがたいものであることを示した。それはとりもなおさず、溝口自身の離隔がそのようなものかもしれぬことを暗示している。そして溝口は一人残される。

老師

『金閣寺』に登場する老師は、村上慈海とは似ても似つかない。彼のように干からびたキャラクターでは、文が華やがないのだろう。おそらくは先代の伊藤敬宗《けいしゅう》がモデルとなっている。敬宗は、豪放磊落にして酒と女を欠かさぬ名物和尚として、京都人にはよく知られていた。小説の中では、「皺《しわ》の中まで洗い込まれたように清浄な」、「桃色の餅菓子のような体に抱きしめられて、女はどんな気持がするのだろう」といったフレーズで、その怪異な艶やかさが印象的に描かれている。

溝口とこの老師の関係に、ある事件をきっかけとして亀裂が入る。冬の早朝、娼婦を伴った米兵が、開園前に強引に境内に入る。米兵は、帰り際、案内役をさせた溝口に、娼婦の腹を踏むように強制し、娼婦はそれによって流産する。後日、娼婦は金閣に怒鳴り込み、老師は金を渡して解決する。

溝口は老師からの呼び出しを待つが、一向に音沙汰がない。一方では、「目撃者はないのだ、証人はないのだ」というよろこびとともに、他方では、見抜かれているという思いが頭を擡《もた》げはじめる。

> ゴム長の靴裏に感じられた女の腹、その媚《こ》びるような弾力、その呻《うめ》き、その押しつぶされた肉の花のひらく感じ、或る感覚のよろめき、そのとき女の中から私の中へ貫ぬいて来た隠微な稲妻のようなもの、……そういうものまで、私が強いられて味わったということはできない。私は今も、その甘美な一瞬を忘れていない。
>
> 老師は、私の感じた中核、その甘美さの中核を知っていた！　（第四章）

はたして、溝口はそこまで追い詰められるようなことを仕出かしたのだろうか。確かに、禅宗の僧が、知らなかったこととはいえ、殺生に至ってしまったことは許されることではない。だが、占領下においては、警官ですら米兵には何も抗《あらが》えないのである。彼らに強要されれば、従うよりない。それならば、老師に洗いざらい話せばよいのではないだろうか。だが問題はそのようなところにはない。

娼婦の柔らかな腹を踏んだそのとき、溝口は経験的世界の地盤を踏み外してしまった。本来秘匿されてあるべき領域に足を踏み入れてしまったのである。小説はここで明らかに転調する。三島は、それまで離隔に苦しんできた主人公の中に、狂気の起点となる種子を実に巧妙に仕組んだのである。その時から老師は、自己の深奥にあるものを、素知らぬ顔をして見通しているという、超越論的他者の相貌を帯びたものへと変貌する。

　（老師は）怪物的な巨《おお》きさを得て、（中略）目を外らそうとしてもそこに存在し、奇怪な城のようにそこにわだかまっていた。
（第四章）

「分裂病前夜」の不気味に切迫した事態を文学空間の中で表したものとして、カフカの『審判』がある。主人公の大手都市銀行の主任であったヨーゼフ・Ｋは、三十歳の誕生日の朝、いきなり逮捕される。Ｋにはまったく身に覚えがない。翌日、最初に審理に呼び出されるが、指定された場所に出向くと、あろうことか、そこは郊外の労働者街にある陋屋《ろうおく》だった。その後も一向に裁判は開かれる気配はない。罪状は明らかにされず、拘留されることもなく、普段通りの勤務を続けてよいといわれる。Ｋはあれこれと手を尽くして事態を明らかにしようとするが、次第に窮地に追い込まれていく。ついに審理が開かれぬまま、三十一歳の誕生日の前夜、Ｋは郊外の石切場で、犬のように処刑される。

　おそらくＫは、足を踏み入れてはいけない領域に迷い込んでしまったのだろう。誰かが彼を逮捕するように命じたのである。そしてその者は、彼の罪状を握っている。しかし末尾に至るまで、それは明らかになることはない。

カフカの『城』においては、主人公の測量技師Kは、城に雇われて街にやってくる。だが、最後に至るまで、城にたどりつく道を見出すことはない。このようにカフカの小説では、他者は一向に姿を現さない。『審判』は不条理に殺されることにより、『城』は小学校の小使になることにより、その幕を閉じる。

それに対して、『金閣寺』においては、住職という他者との関係を軸に、分裂病前夜にとどまらず、事態は進行していく。

法の真空地帯

分裂病に到来する超越者とはどのようなものなのだろうか。一つのモデルとなる社会がある。スターリン政権下におけるソビエト連邦である。市民は、前触れもなく、或る日突然逮捕される。罪状が明らかな場合もあるが、そうでないこともある。一つの行政単位に一定数の逮捕者が割り当てられているらしいのである。身に覚えがないままに逮捕された者には、罪状は明らかにされない。それは自分で考えろというわけである。そして無罪だと主張すること自体が罪に問われる。

ところで、実際にスターリンはこうした命令を下したのだろうか。それはわからない。ヒトラーとは対照的に、彼はプレゼンスを示さない独裁者である。ヒトラーが民衆の前に姿を現し、プロパガンダによって統治するのに対し、スターリンは姿をみせない。一体何を考えているかもよくわからない。そうした無言の不気味さによって支配を浸透させていく。分裂病につきまとうのも、こうした物言わぬ、不気味な他者である。

スターリンは、むしろ周りに考えさせることにより、統治している。無辜《むこ》の市民の逮捕は、側近や官僚が勝手に忖度《そんたく》して始めたことだったのだろう。そうだとすれば、次のような疑問が頭を擡げてはこないだろうか。すなわち、もしかしたら、スターリンは何も考えていないのかもしれない。彼はまったくの空《くう》ではないのか。さらにいうなら、単なる馬鹿なのかもしれない。どうしてみんなそれに気づかないのだろう。いや、もしかしたら、気づいているのかもしれない。だがそれを口にすれば殺される。

カフカの世界では、超越者は最後まで姿を現さない。だが、それはもしかしたら、無力なのかもしれない。ヨーゼフ・Ｋは、それと知らぬうちにある領域を侵犯した。だが、侵犯していながら、彼には一向に自覚がない。そして、善良なるソビエト市民と違って、Ｋはおとなしく自分の罪を認めるわけではない。あくまで正当な裁きを求めようとする。それに対して、Ｋは忠告を受けることはあっても、それ以上のことは起こらない。もしかしたら、そんなＫに超越者は困っているのかもしれない。だからこそ、罪状も明らかにされず、審理も行われないのではないだろうか。

本来姿をみせることのない超越者が現れるとき、それは崇高なもの、神々しいものとは限らない。というより、むしろ無様《ぶざま》なもの、あるいは猥雑《わいざつ》なものとして現れる。理屈は至極簡単である。本来、あるべきところにないからである。たとえば、ヘブライの神ヤハウェが例外的に人間とかかわるとき、それは暴虐であり、嫉妬深く、理不尽でもある。

無言の圧迫下にあった溝口は、折から老師の艶事の目撃者になる。新京極界隈で、芸妓と連れ立った老師とすれ違うのである。そのあと溝口は、黒いむく犬に導かれるように歩いていく。ふと犬を見失い立ちどまると、そこにハイヤーが目の前にとまり、女に続いて老師が乗り込もうとする。二人の目が合い、老師は立ちすくむ。溝口は吃音で立ち往生し、思いもかけず、老師に笑いかけた。我に返った老師は、「馬鹿者《ばかもん》！　わしを追跡《つ》ける気か」と一喝する。（第七章）

『審判』において、超越者とは法である。それゆえに具体的な姿を現すことはない。Kはこのみえない他者の領域に入り込んでしまった。何かのはずみで近づきすぎたのである。だがそれを裁く法は条項にない。なぜなら、法の中に、法自体の正当性を保証するものはどこにもないからである。それゆえKはいつまでたっても、逮捕されながら審理されないという宙づりの状態に留《とど》め置かれる。それは法が無力だからである。Kはまさに法外なものと化している。

　マックス・ブロートやドゥルーズ＝ガタリは、本来この物語には終りがないと指摘している。たしかにKの殺害は、いささか性急にもちこまれた感がある。ただ、実際に人がこのような事態に逢着したならば、いつまでも耐えられるわけではない。いずれはなんらかの挙措《きよそ》に打って出るだろう。そのとき、超越論的審級は何かに仮託される。たとえば裁判所に乗り込み、自分の記録を抹消するように要求する。あきれた顔をして職員が拒否すると、大声をあげて騒ぎ立てる。あるいは、通行人のふとした仕草に不吉なものを感じ、あてもない逃走を始める。そのうち群衆の中の見知らぬ一人を、つけてきた刑事と思い、襲いかかる。そうして今度は本当に逮捕されることになる。

　こうした法の真空地帯に入り込んでしまった者にとっては、どのような行動も妥当であるという保証はない。何をやっても有罪であるとされかねない。だが、法の側もまた無力である。たとえあからさまな犯罪が行われ、逮捕されようとも、法は通常の犯罪のようには裁くことができないのである。

超越論的他者の墜落

溝口の場合、超越者は住職の姿を借りて顕現している。その住職は、目撃された後、再び沈黙する。この無言の放任による拷問が続く中、彼は住職の反応を引き出そうとした。当番の日に、街中で探し当てた芸妓のブロマイドを朝刊に挟み込んで届けたのである。しかし依然として老師は沈黙したままであった。そして後日、溝口は机の抽斗《ひきだし》の中に、ブロマイドが白い紙に包まれて返されているのをみいだす。（第七章）

だが、住職はあくまで超越者の借り物である。沈黙から再び口を開くとき、住職は超越者の場から滑り落ちる。

犯行前年の十一月のある日、老師は溝口に「お前をゆくゆくは後継にしようと心づもりしていたこともあったが、今ははっきりそういう気持がないことを言うて置く」と訣然とした口調で言い放った（第七章）。その翌日、彼は出奔する。

一見すると、夢が潰《つい》えた絶望から、そうした行動に身を委ねたようにみえる。だがそうではない。再び口を開いた時、住職の「怪物的な巨きさ」はみる間にしぼんでいった。それまでの超越性を失い、単に権力を振りかざす俗物になったのである。そこには謎めいたものは何もない。出奔したのは、絶望したからではない。失望したからである。彼の励起した実存は、その相関物を見失った。もはや住職は自分の中に胚胎した途方もないものが相手にすべきものではないのである。だからこそ、とにかくにも出発しなければならないのである。

溝口が由良海岸で金閣を焼く想念を得た後、住職の姿は間遠になる。次に口を開くのは、翌年の六月（犯行の前月）、柏木から借金の告げ口があった時である。老師は溝口を呼び、「今後こういうことがあったら、もう寺には置かれんから、そのつもりでいなさい」と言い放つ（「もう寺には置かれんから」という台詞は、慈海が実際に養賢にいった言葉として記録されている）。だがこの言葉も、溝口には決意を固めるものでしかなかった（第八章）。

最後に登場するのは、溝口が二度目に登楼した数日後、六月の下旬である。犯行の一週間ほど前にあたる。溝口は境内の拱北楼《きょうほくろう》でうずくまっている老師の姿をみた。白衣の身を屈め、頭を膝の間に擁《よう》し、両袖で顔を覆っている。それは、僧堂入衆《にっしゅ》の歎願を拒まれた行脚僧《あんぎゃそう》が、玄関席で終日自分の荷物の上に頭を垂れて過ごす庭詰の姿勢に似ていた。それを老師の自分に対する無力ととらえた溝口は、老師による放逐が期待できないと悟り、犯行を急ぐこととなる（第九章）。溝口はもはや許しではなく、放逐を期待していたのである。このときの老師の姿はいかにも無様であり、超越者の残りカスのようなものである。

そのあと、老師は溝口の前に姿を現すことはない。こうして住職は、溝口の世界の中で、一旦不気味な超越者へと変貌し、彼を分裂病前夜へと連れ出したあと、その位置を金閣に明け渡す。究極の対象への橋渡しとしての役割を終え、それとともに凡庸な人物へと移行する。そこにはかつての華やぎもない。溝口の狂気の前で、堕ちた超越者として、色あせた存在へと退縮していくのである。

金閣は主人公溝口の離隔を象徴するものである。というよりも、三島の離隔といった方がよいかもしれない。小説の冒頭は次のように始まる。

幼時から父は、私によく、金閣のことを語った。

父は金閣ほど美しいものは地上にないという。西日を受けた山腹、日にきらめく田の面《も》、峠から昇る朝日、そうしたものを見るたびに、私は金閣を想像した。写真や教科書でたびたび金閣を見たが、それよりもむしろ、「金閣」という字面や音韻から描き出した心の中の金閣の方が、途方もないものだった。

のちに父に連れられて現実の金閣を見た時、溝口はそこに美を見出すことができず、落胆する。

私はいろいろに角度を変え、あるいは首を傾けて眺めた。何の感動も起らなかった。それは古い黒ずんだ小《ち》っぽけな三階建にすぎなかった。頂きの鳳凰も、鴉《からす》がとまっているようにしか見えなかった。美しいどころか、不調和な落着かない感じをさえ受けた。美というものは、こんなに美しくないものなのだろうか、と私は考えた。　（第一章）

これはほとんど三島自身のことである。「詩を書く少年」にみたように、三島にとっては現実ではなく、言語空間の中にリアリティがある。公威《きみたけ》少年は、現実を経験する前に言葉を学び、字面や音韻から心の中に描き出す。そして身のまわりの対象から受ける感覚印象を自在に変容させて、言葉に結びつけていたのである。それゆえ現実はいつも色褪《いろあ》せたものとして取り残される。溝口にとっても、金閣は、単に金箔の剝げ落ちた古い木造建築物にすぎない。
ところが、ある時から、にわかに金閣が美しさをまとい始める。金閣が戦火によって焼かれるという可能性に気づいた時であり、その時から金閣はその悲劇的な美しさを増すことになる。

　この美しいものが遠からず灰になるのだ、と私は思った。それによって、心象の金閣と現実の金閣とは、絵絹《えぎぬ》を透かしてなぞって描いた絵を、元の絵の上に重ね合せるように、徐々にその細部が重なり合い、屋根は屋根に、池に突き出た漱清《そうせい》は漱清に、潮音洞の勾欄《こうらん》は勾欄に、究竟頂の華頭窓は華頭窓に重なって来た。金閣はもはや不動の建築ではなかった。それはいわば現象界のはかなさの象徴に化した。現実の金閣は、こう思うことによって、心象の金閣に劣らず美しいものになったのである。　（第二章）

しかしこの期待はあてがはずれる。金閣は焼かれぬまま終戦を迎え、そして別の美をまとうことになる。金閣は、敗戦の衝撃、民族的悲哀などというものから超絶した存在となる。

　私の心象からも、否、現実世界からも超脱して、どんな種類のうつろいやすさからも無縁に、金閣がこれほど堅固な美を示したことはなかった！　あらゆる意味を拒絶して、その美がこれほどに輝いたことはなかった。（中略）
『金閣と私との関係は絶たれたんだ』と私は考えた。『美がそこにおり、私はこちらにいるとい

う事態……。』　（第三章）

これは三島自身の終戦後の心象世界に他ならない。戦時下においては、絶滅の予感とともに、彼と現実を隔てていた離隔は一時解消されていた。そのことを三島は溝口に語らせる。戦争とは「一個の夢のような実質なき慌《あわただ》しい体験であり、人生の意味からも遮断された離隔病室のようなもの」であり、私は「ただ災禍を、大破局を、人間的規模を絶した悲劇を、人間も物質も、醜いものも美しいものも、おしなべて同一の条件下に押しつぶしてしまう巨大な天の圧搾機のようなものを夢みていた」のである。

　だが終戦とともに日常が再び始まる。溝口にとって、そして三島にとって、終戦とは「断じて解放ではなかった」。それは「不変のもの、永遠のもの、日常のなかに融け込んでいる仏教的な時間の復活に他ならなかった」。人々はすべての価値が崩壊したと言うが、彼にとっては「永遠が目ざめ、蘇《よみがえ》り、その権利を主張した」のである。

　そしてあの癒《いや》しがたい離隔が、新たな形で回帰してくる。溝口は、世間が混乱、喧騒をきわめるなかで、だらだらとした、無分節の、退屈な日常の繰り返しのなかに取り残されたのである。そして一旦輝きを放った金閣は離隔の向こう側に逃れ去る。もはや手の届かぬものとして、彼に対して屹立《きつりつ》する。

　ここには三島にとっての美の変遷が忠実に再現されている。言語空間の中で構築された美は、戦時下の緊迫の中で、日常が消失するとともに、例外的なリアリティを帯びるようになる。だが、敗戦とともに日常が復活する。その時、美は、それまでもっていた言語としてのリアリティさえも失う。回帰した日常と入れ替わるように、美は向こう側に逃れ去る。というより、ここで三島はもともとあった離隔に、あらためて気付かされたのである。世界から拒まれていること、そしてそれを自覚したこと、そうしたことが「最も死の近くにゐた」と言わしめた、彼の「荒涼たる空白感」の正体だったのだろう。彼は再編を迫られる。その結実が『仮面の告白』であることはすでにみた。

滅びのあわいの美

ただ、こうした絶望の中で、三島は新しい美の形を見出す。それは、戦火の中における金閣に象徴される、滅びのあわいにおいて輝きを放つ美である。

それを明確に表したものとして、「アポロの杯」という紀行文がある。昭和二十七年四月、三島はかねてからの「眷恋《けんれん》の地」であったギリシアにおりたつ。『金閣寺』の執筆に取り掛かる三年前のことである。

抜け上がるような空の青さのもとでアクロポリスをみた時のことを、三島は少年のような満身に溢《あふ》れかえる興奮をもって記している。「今、私は希臘《ギリシア》にいる。私は無上の幸に酔っている。……私は自分の筆が踊るのに任せよう。私は今日、ついにアクロポリスを見た！　パルテノンを見た！　ゼウスの寓居を見た！」（「アポロの杯」）

三島がパルテノンに見たのは、廃墟である。しかしそれはかつて完璧であった姿を垣間見させる。左右相称の全体の結構の美しさが「悟性の陶酔」によって構築されるのである。それは崩壊の悲劇性によってよりロマン的な美しさを増すことになる。ただし、この廃墟の美は、自然の作用によるものであり、芸術家の創造ではない。ここで三島の連想は、竜安寺へと飛躍する。

オリムピアの非均斉の美は、芸術家の意識によって生まれたものではない。しかし竜安寺の石庭の非均斉は、芸術家の意識の限りを尽したものである。それを意識と呼ぶよりは、執拗な直感とでも呼んだほうが正確であろう。日本の芸術家はかつて方法に頼らなかった。かれらの考えた美は普遍的なものではなく一回的（einmalig）なものであり、その結果が動かしがたいものである点では西欧の美と変わりがないが、その結果を生み出す努力は、方法的であるよりは行動的である。

「アポロの杯」

ギリシア人は美の不死を信じ、それを石に刻む。それがアクロポリスであり、人体の彫刻である。廃墟の美しさは、あくまで偶然のものである。そして三島の外遊は、ローマのバチカン宮殿で、ハドリアヌス帝の愛人であったアンティノウスの彫像に魅せられることによって締めくくられる。こうしたヘレニズムの美との遭遇は、それに対置するものとして、三島に日本的美のあり方を示すものともなった。竜安寺の石庭の不均斉は、「具体的な美が、肉体のように滅びる日を慮《おもんぱか》って、死の空寂の形象を真似た」のであり、「死そのものの不死」を彼に暗示した。

建築家の磯崎新は、この短い紀行文の中に、三島由紀夫のその後の思想と行動の展開が、すべて予告的に記されているとしている（「私にとってのアクロポリス」）。ここで美は、ヘレニズム的な完璧な相称性をもった秩序の観念の表層的な形式化と、それと対置される不均衡の美に含まれる「死そのものの不死」という両極に引き裂かれる。それを肉体によって生きることが、三島の生涯の企図であったという。

いずれにしても、三島はここで「滅びのあわい」という、もう一つの美の水脈を発見したのである。たしかに竜安寺の庭は空寂であり、静謐《せいひつ》な空間ではあるのだが、それだけにはとどまらない。むしろ滅びへと向かう破調が、その不均斉な構図の中にスナップショット的に内包されている。そのことは、この紀行文の中においてわざわざドイツ語を併記した「一回的（einmalig）」という言葉に集約されている。

一回性は『金閣寺』においても一つのキーワードとなる。出奔した先の由良海岸で「金閣を焼かなければならぬ」という想念が天啓のごとく溝口に到来する。旅館に戻った彼は、何ゆえに金閣でなければならぬのかを自らに問う。

> なぜ私が金閣を焼こうという考えより先に、老師を殺そうという考えに達しなかったのかと自ら問うた。
>
> それまでにも老師を殺そうという考えは全く浮ばぬではなかったが、忽《たちま》ちその無効が知れた。何故《なぜ》ならよし老師を殺しても、あの坊主頭《ぼうずあたま》とあの無力の悪とは、次々と数かぎりなく、闇《やみ》の地平から現われて来るのがわかっていたからである。
>
> おしなべて生《しょう》あるものは、金閣のように厳密な一回性を持っていなかった。人間は自然のもろもろの属性の一部を受けもち、かえがえのきく方法でそれを伝播し、繁殖するにすぎなかった。殺人が対象の一回性を滅ぼすためならば、殺人とは永遠の誤算である。私はそう考えた。
>
> （第八章）

焼けることなく残った金閣とは、「滅びのあわい」という生が輝く時間から離脱したもの、湖面にみずからを映し出すことのないもの、亡霊のようなものとして溝口に迫る。金閣は冥府《ハデス》という帰る先を失ったまま、そこに現出し続けている。それは溝口の離隔を象徴しつつ、決定的なものとする。「美がそこにおり、私はこちらにいるという事態」。だからこそ、それは業火のなかで滅ぼしてやらなければならぬ。焼かなければならぬのだ。その時、離隔の解消とともに、おそらく自分も焼け死ぬことになるだろう。

養賢が兇行のあと、うわごとのようにその行為を名指した「美への嫉妬」、三島はこの事後の表象から入り、兇行の真理に裏側から到達した。ここにおいて、三島の美は養賢の倫理と邂逅《かいこう》したのである。

第7章　ナルシシズムの球体

『金閣寺』を出版した翌年、三島由紀夫は小林秀雄との対談で、次のように語っている。

「あれはね、現実には詰ンない動機らしいんですよ。見物人が来る、若いやつがきれいな恰好してね、アベックで見物に来たりする、それがシャクにさわる、自分は冷飯食わされてて、みじめな恰好してるしね、自分の青春は台なしになってしまう。そういうことらしいんです。住職が因業だ、なんていうこともあるらしいんだけれど、大した動機はなかったらしいんですね」

「美のかたち――「金閣寺」をめぐって」

三島は執筆に先駆けて入念な調査を行った。だが、それはあくまで小説の題材の渉猟である。そこに養賢に対する感情移入は一欠片《ひとかけら》もみられない。

そして、対談のこの部分はいかにもなげやりである。三島は、犯人すなわち養賢には「現実には詰《つま》ンない動機」しかないという。世間の奴がうらやましいとか、自分が恵まれず惨めであるとか、住職がケチであるとかというようなことらしい。そして「大した動機はなかった」ともいう。額面通りとれば、金閣を焼くという未曾有の犯行が、つまらない動機によるものであると言い、他方で大した動機はないと言っているのである。

三島には、実際の犯人がどんな男であり、いかなることから、かくのごとき兇行に至ったのかについて、さしたる関心がない。これは彼の現実全般に対する態度であり、酷薄といえばそうなのだが、リアリティがもてないのは彼の宿痾《しゅくあ》であり、いたしかたない。生身の人間に感情移入ができないのである。さらにいうなら、彼にとっては現実の金閣の放火などどうでもよいのである。少なくとも書く前はそうだっただろう。

だが、三島は小説という舞台の上で養賢に相見《あいまみ》えることになる。期せずして、彼の設定した主人公溝口は、養賢のたどった道を歩み始め、そして終末に向かって雪崩《なだ》れこんでいく。なぜだろうか。それは、感情移入できなかったからである。そんなものでは、どうにも養賢の行為に届かない。三島は、みずからの言語宇宙の中で、この究極の狂気のリアリティに触れたのである。

二つの離隔

養賢と三島に共通するのは「離隔」である。それゆえ、彼らが邂逅《かいこう》するポイントがあるとすれば、まずはそこになる。とはいうものの、二人がかかえた離隔はその性質を異にする。似て非なるものである。

養賢の離隔は二つある。一つは元来の気質に含まれるものである。彼のそもそものテンペラメントであった分裂気質は、現実との間に長い心的距離、間合いを要する。それが離隔の正体である。その距離は安全保障感を与えるものであり、心底には他者に対する秘められたおびえがある。彼らもまた親密さをどこかで希求しているのだが、恐れの方がまさる。こうして分裂気質には、敏感と鈍麻、近さと遠さが共存している。

もう一つの離隔は、のちに病の発動とともに彼の中に宿ったものである。実存の励起とともに、彼の存在は浮き上がり、世間から、そして生きている現実から隔てられる。誰とも気持ちが通じなくなり、世界は自分から遠ざかる。同時に、外界は何かが起こりそうな予兆をはらむものとなり、内面には他者が侵入してくる不安がつねにつきまとう。ここでも近さと遠さが共在しているが、よりパラドキシカルな様態をとり、彼を困惑させるものとなる。

三島の場合はどうだろうか。彼はクレッチマーの性格論に基づいて、みずからを分裂気質と自認していた節がある。しかしそれはもっぱら実感のなさという側面に関してである。『金閣寺』の前年に執筆された『小説家の休暇』には、次のように記されている。

> このごろ外界が私を脅かさないことは、おどろくべきほどである。外界は冷え、徐々に凝固してゆく。そうかと云って、私の内面が決して豊かだというのではない。内面の悲劇などというものは、あんまり私とは縁がなくなった。まるで私が外界を手なずけてしまったかのようだ。

さらに三島はクレッチマーを引用し、自分の現況を、分裂気質の鈍麻した冷たい方の極への進行になぞらえている。だが、そもそも三島には外界への、とりわけ他者への生々しい過敏性はない。むしろ過敏性なき自閉が彼の原点である。

少年時代の三島にとって、離隔は「恩寵の皮膜」であった。その中で、空想をつむぎ出し、世界を自在に操っていた。外界のことなど「積木の構築以上に複雑なものとは思えず」（『仮面の告白』）、現実など空想の遠い向こう側のことのようで、実感がない。時折、強烈な感覚刺激（汚穢屋《おわいや》の紺の股引《ももひき》に対するひりつくような欲望、地下鉄の切符切りと構内にただようゴムのような薄荷《はっか》のような匂い）が、「悲劇的なもの」が連想させたが、同時にそれは、自分がその悲劇的なものから決定的に拒まれていることを予感させた。

この皮膜の内側で、公威《きみたけ》少年は言語のナルシシズム的宇宙を構築する。「詩を書く少年」にみたように、先輩から恋愛の打ち明け話を聞かされても、そこには未知なことは何一つなかった。すでに本の中で読み、作り上げた世界の中に織り込み済みのことだった。彼はまた、経験をしたことがないことについて、さらにはそこから拒まれていることについてさえも、さもすでに経験したかのようにことばを操ることができた。

学習院中等部時代、その場にいない友の噂話で、その友が、行き帰りのバスの女車掌を好きらしいと聞いて、「そりゃああの制服さ。あの体にぴったりとしているところがいいんだろう」と、公威少年は投げ出すように言う（『仮面の告白』）。彼自身はそうした肉感にときめきを覚えたことなどなく、純然たる類推で話したにすぎない。だが級友は、この華奢《きゃしゃ》な少年が意外にも摩《す》れた好事家であると勘違いして唖然とするのである。

ナルシシズム

三島のナルシシズム的世界において、決定的に欠けているのは他者に対する意識である。この点において、ひりひりとした他者意識を隠し持つ分裂気質とは決定的に異なる。もちろん、三島は他者の心理がわからないわけではない。それどころか、異常心理も含めて、通暁《つうぎょう》しているといっても過言ではない。彼の言語は瞬時にその機微《きび》をさばいてみせることだろう。だがそれは知解しているに過ぎない。あまりにも見事な手さばきでやってのけるので、人の心に精通していると勘違いされることもあるだろう。

だが、いくら精妙に理解したとしても、いや、むしろすればするほど、それらに実感が伴っていないことが、彼自身に浮き彫りになる。恋愛の身悶えする苦しみも、胸にこみ上げる切なさも、所詮は他人事である。

ただし、三島が対人関係全般に不感であった訳ではない。文芸座の仲間や湯浅あつ子を中心としたサークルなどの気の置けないつきあいでは、意外なほど無邪気である。そこでは、じゃれあうような他愛のなさを、性別を問わず示している。三島はまた、当時の文壇でさしたる重きも置かれていない書き手の作品に対して、よいと思った時には、率直に共鳴を表し、手放しで賞賛する。たとえばそれは、深沢七郎、野坂昭如、高橋睦郎、森茉莉といった人たちである。そこには見返りを求めるあざとさや、仕切るような押し付けがましさもない。だが、ひとたび世間ずれしたものや偽善の臭いを嗅ぎつけると、その共鳴の触手はにわかに引っ込められ、知的理解にモードが切り替えられる。そして彼の感情は閉鎖される。

ナルシシズムの原型は、自分のつむぎ出す空想の中に自足した様態である。とはいえ、完璧に浸りきっていることはない。どこかに綻《ほころ》びがある。そして遅ればせに自我が目覚めるとともに、現実との離隔は自覚に上ってくる。他人の棲《す》む世界と隔てられていること、実感のないことに、苦悩するようになる。だが三島の青年期は戦時下にあり、現実の非日常化とともに、離隔は背景に退いていた。彼が離隔を本格的に意識しはじめたのは、戦後のことである。

三島は自我のメタファーとしてしばしば遠近法を用いる。こちらに視る自分がおり、向こう側に視られる対象がある。自分と対象はくっきりと分節されている。当初、対象は自分の作り上げた幻想をあてがったものであり、自由に操作可能であった。だが、自我の目覚めとともに、対象はもはやナルシシズムの触手の届かぬ向こう側に立ちつくしている。距離は決定的なものとなる。この距離は、視るためには必要であり、それが拓《ひら》かれることによって視ることが可能になるのであるが、視る者を対象から隔てる。視られる対象はよそよそしく、それがまさに今自分の視ている物であるとは語りかけてこない。

遠近法のメタファーを敷衍《ふえん》するなら、三島が言及していないものがある。それは消失点ないし無限遠点である。それは絵画の中にありながら、積極的なものとしては描かれず、図像の中に埋め込まれている。そこから発して構図そのものが決定される虚の点である。それ自体は視ることはできない盲点のようなものだが、視る者を惹《ひ》きつける。この点によって、人は遠近法の中につなぎとめられ、対象は自分が視ている対象となる。

ルネサンス期に、アルブレヒト・デューラーが透視図法を考案したとき、彼は固定した自分の眼と対象の間にガラス板を置き、その上に対象の形をトレースしていった。三島の遠近法もまた、外界に舞台という枠をあてがったものである。さまざまな人物がそこに映し出され、演技を繰り広げる。すべてはプロセニアムの向こう側で行われることである。彼自身には何かが起こるということはない。そこで決定的に欠けているのが奥行きである。遠近法であるにもかかわらず、書割のような世界である。こうして離隔は堅固なものとなり、外皮は硬くなっていく。

ミンコフスキーの『精神分裂病』には、この病の基本障害が「現実との生ける接触の障害」にあるとされている。それを読んでいた三島が、自分の離隔の先には分裂病があると考えていたとしてもおかしくはない。だが、三島は分裂病にはなりえないのである。

三島由紀夫は分裂病にはなりえないということ

ナルシシズムという用語は、ギリシア神話のナルキッソスに由来している。この青年は、自分が他者にみられていることに気づかない。彼の人を人とも思わぬ振る舞い、昂然《こうぜん》たるたたずまいは、そこに由来している。他人からみれば鼻持ちならぬプライドの持ち主ということになるだろう。だが、ナルキッソスは自惚《うぬぼ》れているのではない。乙女たちに心を寄せられていること自体にトンと気づかない。それどころか自分が美しい顔立ちをしていることも知らないのである。フロイトのナルシシズムや一般にいう自己愛は、ナルキッソスという原像からは、かなり隔たったところにある。

三島の心的原点としてのナルシシズムは、むしろナルキッソスという原型に近い。精神分析のいうナルシシズムとは異なる。世界に起こる出来事は、彼とは無関係であり、自分はそこに居合わせない。だが、それが彼の世界のすべてである。そこには彼の心的世界に食い入ってくる異質な他者はいない。それゆえ、分裂気質に特有の敏感性はない。

のちに自我に芽生えた時にも、この構図は基本的に同じである。ただ、離隔が自覚にもたらされる。世界との間には、どうしようもなく隔てられていることに気づくことになる。ここでもやはり他者は不在である。

三島由紀夫を分裂病から決定的に隔てるのは、まさにこの点である。彼の世界には、それを根本的に揺るがす他者というエージェントが現れる余地はない。その遠近法的な自我は、世界全体であり、その外側がない。ましてや分裂病のように、その視点の裏側から監視し、そして忽然《こつぜん》と内部に割り込んでくるような他者はいないのである。

　彼が分裂病であったとか、そうした危機的な状態にあったといった論説を所々で目にすることがある。それはたとえば晩年の孤立や奇矯な行動、あるいは切腹という時代錯誤の椿事《ちんじ》を説明するために持ち出される。『金閣寺』に関しては、モデルとなった林養賢が、のちに分裂病に陥ったことから類推されたり、小説のもつ迫真性を解釈するため分裂病説が援用されたりもする。だが、こうした見解で持ち出される「分裂病」とは、修辞的なものを超えるものではなく、精神病理学的にみれば論ずるに値しない。

　では三島の精神病理はどこにあるのだろうか。すでに明らかなように、それは離隔の中以外にはない。単に苦しんでいたのではなく、彼は、離隔の正体がまさに自分の自我そのものであることを知っていただろう。外側のない世界全体である自我、それ自体が離隔であるということに。そしてその自我は認識する自我である。認識するかぎりにおいて、彼の自我は存在する。それゆえ、認識するたびごとに、認識を研ぎ澄ませば澄ますほど、離隔は鮮明なものとなる。あらゆるものを溶かす彼の知解能力も、それが生み出す離隔だけは溶かすことができない。むしろより離隔を鮮明にする。

　三島の認識にはこうした凄絶な緊張がみなぎっている。だが、三島の認識（＝自我）は崩壊しない。分裂気質と異なるのは、こうしたある種の強靭さである。そこには自己言及という背理が自我を崩壊させる危うさ（繊細さ）はない。なぜなら彼の認識する自我は、そのなかに巻き込まれないからである。そのことさえも知解してしまうだろう。そして離隔が取り残される。

すでに『金閣寺』の執筆以前から、三島は認識とは別の系が必要であることを感じていた。先の『小説家の休暇』の一文をそのまま受け取るなら、彼の内面の枯渇がすでに始まっていることが暗示されている。彼はそこからの離脱を行動の系に求めた。ボディビルやボクシングに興味を持ち、肉体を鍛え始めたのもこのころからである。たとえ行動によって離隔を抹消することが、自我を滅ぼすものとなりかねないにしても、それでもなお、狂おしいまでに、あるものを三島は求めていた。平たく言えば、それは生きている実感というものである。

金閣の放火にパロディは通用しない

『金閣寺』において、溝口が娼婦の腹を踏み、彼のなかに狂気の芽が胚胎したのが第三章である。そして金閣を焼くという想念が啓示されたのが、第七章の末尾である。その間の長い中盤は、柏木という男によって導かれる。

柏木には内飜足《ないほんそく》という障害がある。そしてこの障害と決して妥協しないことを信条としている。溝口が、初めて声をかけてきた時、柏木は「何を言ってるのかわからん。吃ってばかりいて」と容赦のない言葉を浴びせた。さらに「吃れ！　吃れ！」とたたみかける。彼にとっては、障害を同情されるのも、ないものとして扱われるのも我慢のならないことである。

ある時、取り澄ました美しい良家の娘が、柏木に愛を打ち明ける。だが、彼は「愛していない」とにべもなくいう。女は「それは嘘だ」という。柏木は「愛していない」と繰り返すが、女は執拗に迫る。「愛していない」と言えば言うほど、女は柏木を愛しているという錯覚のなかに溺れていく。そしてある晩、女はそのまばゆいほどに美しい肢体を柏木の前に投げ出した。
柏木は欲望を遂行することによって、愛の不可能なことを実証しようとするが、彼の肉体は反応しなかった。その時、柏木の欲望は、自分の存在の条件である「愛されない」という確信を放棄することを要求したのである。それ以降、彼は内翻足を生の条件とする独創的な生き方を追求するようになる。そののち、柏木は父の代理で経を上げに行った先で、老婆と交わり、童貞を捨てる。自分の内翻足をいたわしそうに見る老婆に、拝めばご利益があるという話をでっち上げ、瞑目《めいもく》して経を唱える彼女を押し倒して犯した。

内翻足という異形は、世界に突き出ている。決して透明にならない。それはいつも柏木の鼻先に突きつけられている。二つのエピソードを通して、彼は障害について決して妥協しない生き方を身につけた。

ここでかりに、三島の抱えていた離隔を障害とみなしてみよう。すると柏木の生き方は、三島自身の一つの生の様式でもある。離隔を離隔として生きること、彼にとってそれは認識である。認識は離隔を解消しない。それどころかより鮮明なものとする。作品を完成させる。たとえそれが一定の満足を与えるものであっても、すぐさますぐさま離隔は再燃する。

柏木もまた、認識の人である。もっとも、柏木には当時の三島にはまだなかった行動力がある。次々に女をものにしては捨て、高利貸し業にも手を染める。だがそれは認識から算出されたものである。その冷厳さゆえにそのつど成功するが、柏木にとって、行動はあくまで認識を実証するものであり、認識の僕《しもべ》である。おそらくそれまでの三島なら、『金閣寺』の主人公に柏木を据えてもおかしくはない。むしろその方が三島らしい。

没後三十年に『新潮』に掲載された『金閣寺』の創作ノートには、六つのプランが示されている。プランⅠでは、終戦後の五年間にめちゃくちゃな成功を収めた者が放火する。プランⅡは、火をつけるべくしてつけざる男の話であり、プランⅢは年増の女と関係をもち、その事業を手伝って成功する男の話、プランⅣは、ありうべき自分とある自分の Doppel gänger《ママ》（二重身）の物語、プランⅤは、一生に何度か脱出した男が最後に金閣から脱出する話、プランⅥはニーチェの超人思想をもち、幸福を軽蔑しつつ、幸福に化身しようとしていたのに、いたるところに金閣の幻影が現れ、邪魔をする話となっている。

いずれも成功者あるいは強者が主人公である。プランⅥの一部は、溝口と金閣との関係に取り入れられている。だが、それ以外のすべてのプランには、柏木の影が見え隠れしている。プランⅡとⅣでは二重身（ドッペルゲンガー）がテーマとなっている。分身は、それまでの三島の認識空間において可能な狂気の形である。遠近法の分身を作ること、多数化することである。一般の人が狂気をイメージすると、せいぜい錯乱、妄想、冷酷な遂行者、そしてドッペルゲンガーなどになる。この時点では、三島の想像力もそのレベルにとどまっている。

注目すべきと思われるのは、プランⅡに対する彼自身の書き付けである。このプランは、「「やはり私はつけなかつた。あの男が代行したのだ。行為者は行為者。芸術家は死の裡にとどまる」という結論。（中略）林養賢は書かざる芸術家、犯罪の天才」というものである。ところがこのくだりのあとに「＊」印を記した一行を隔てて、次のように書きつけられている。

芸術家の行為を代行する男の話は「禁色」で沢山だ。

これは分身の棄却宣言である。そして、最終的には、すべてのプランが放棄されることになる。
三島には、社会的な事件を題材にした作品が比較的多い。闇金融「光クラブ」を設立した東大法学部生、山崎晃嗣をモデルにした『青の時代』、元外務大臣有田八郎が東京都知事選に出馬した際の料亭女将との醜聞《スキャンダル》を題材にした『宴のあと』、さらには『絹と明察』が挙げられるだろう。現実の題材にしつつ、それを換骨奪胎して作品とする、いうなればパロディの手法であり、三島の得意とするところである。

彼のパロディをあざといとする向きも多いようだが、これらの三つの小説のように、作品としての成功例は多い。一つは、その完結性によるのだろう。それ自体で一つの世界をなしている。いま一つは、三島自身にとって、パロディと現実の間には、あまり落差がないということがある。いうなれば、現実が偽物のようであり、偽物であるはずの作品がむしろ迫真性をもつのである。『仮面の告白』には次のような一文がある。「人の目に私の演技と映るものが私にとっては本質に還《かえ》ろうという要求の表われであり、人の目に自然な私と映るものこそ私の演技であるというメカニズムを、このころからおぼろげに私は理解しはじめていた」。

だが、金閣寺に関する限り、三島はパロディを封印した。柏木のような男が主人公であれば、すでに現実の『金閣寺』を読んでいるわれわれにとっては、一読にも値しない作品になったであろう。「創作ノート」の冒頭には、「主題」として、「「絶対の探究」のパロディ」という文言が掲げられている。だが、最終的に、六つのプランはすべて放棄された。金閣の放火にパロディは通用しないのである。ここに小説『金閣寺』の特権性がある。

もはや分身の術は封印された。そして突如として一人の男が金閣を焼く。意識の論理として、それは必然でなければならない。

そのいわば覚悟の現れとでもいうべきものが、「私」という一人称の使用である。溝口という名が出てくるのは、全編を通じて一度だけである。これは三島の小説の中では、自伝的私小説である『仮面の告白』をのぞけば、例外的なことである。『禁色』の檜俊輔《ひのきしゅんすけ》や『豊饒の海』の本多《ほんだ》繁邦《しげくに》のような観察者としての登場人物もいない。

「私」は語り手である。それと同時に舞台の上に立つ。演出家、あるいは狂言回しのように局外者ではいられない。主体として行動する。そして分身はいない。一見、鶴川や柏木がその役割を担うようにみえるが、彼らと溝口の関係はシンメトリックではない。彼らは反措定であり、自分を映し出す鏡として機能している。溝口はむしろ積極的な規定をもたない。役柄には還元されない空《くう》とでもいうべきもの、あるいは役柄をはみ出す余剰を内包している。まさに主体である。

一見すると柏木が認識を、溝口が行動を担っているような構図が小説の中盤で形成されている。だがそれは対位法のようには展開されない。圧倒的に柏木が優位に立っている。彼はすでに放火の意思を秘めていた溝口に、再び長広舌をふるう。そして「俺は君に知らせたかったんだ。この世界を変貌させるものは認識だと。いいかね、他のものは何一つ世界を変えないのだ。認識だけが、世界を不変のまま、そのままの状態で、変貌させるんだ」と告げる。それに対して溝口は「世界を変貌させるのは行為なんだ。それだけしかない」と口ごもりながら答えるのがせいぜいである。彼のことばはいかにも貧しい。しかしそうであればあるほど、溝口の実存は突出していく。

おそらくそれまでの三島であれば、溝口は柏木の認識を行為によって代行する者として描かれたであろう。あるいは柏木の分身として登場したかもしれない。柏木と言えども、そのニヒリズムを証明するためとはいえ、さすがにみずから金閣を焼くわけにはいかない。

だが『金閣寺』では、主人公はあくまで「私」である。柏木をはじめとして、その他のすべての登場人物は、私という「空」を、そして行為というものが生起する真空地帯を縁取る舞台装置である。彼らが饒舌に喋り、絢爛《けんらん》に飾り立てれば立てるほど、私の空は突出していく。そして三島の華美な文章は金閣の禍々《まがまが》しさと響き合うとともに、主人公の行為の不気味さを暗示するものとなる。

小説の終盤、住職も柏木も離脱してゆき、私の単独行が始まる。そして私は認識と行為の二重性を一身に負うことになる。時として、この二つは分離しかかる。犯行の一、二ヶ月前、晩春の午後、溝口は妙心寺の近くの煙草屋で京大生の横顔を目にして「放火者にちがいない」と直感する。その後をつけて歩くうちに、学生の後ろ姿が自分の後ろ姿であるかのように思われ、自分自身の行為を前もって見届けるような心地になる。ドッペルゲンガーのモチーフがチラリと顔をのぞかせる。

認識と行為の分離は、犯行直前にも、一瞬さしはさまれる。すべての準備が整い、あとは火を放つだけになり、最後の別れを告げるつもりで、溝口は闇に浮かぶ金閣を眺めた。その美を前にして、彼は激甚の疲労に襲われる。そして「私は行為の一歩手前まで準備したんだ」「行為そのものは完全に夢みられ、私がその夢を完全に生きた以上、この上行為をする必要があるだろうか。もはやそれは無駄事ではあるまいか」と独白する。柏木の言ったように、世界を変えるのは行為ではなく認識であり、自分がやってきたことは、ぎりぎりまで行為を模倣する認識であり、行為を無効にする認識ではなかったのかという考えが去来する。

してみると、私の永い周到な準備は、ひとえに、行為をしなくてもよいという最後の認識のためではなかったか。

しかしここで最後の逆説が発動する。認識によって行為が徹底的に余剰物になったとき、それは無意味なものとなる。すなわち、まさに純粋な行為となるのである。ただただ火を放つだけである。認識は追いつかない。置き去りにされる。すべてが終わったあと、それは押っ取り刀でやってくるだろう。しかしそこにいたっても、認識は歯が立たない。行為はまったく無意味なものであるにもかかわらず、というよりもそれゆえにこそ、知解できないものとなる。

すべての登場人物が次第に背景に遠のくとき、溝口の独白体がより鮮明なものとなる。すべてのことが彼の意識空間のなかで展開し始める。そのとき、書き手の三島もまた、しばし溝口の意識の中に内在していたのかもしれない。物語の演出家であることを中断し、この意識空間の中だけで、金閣を焼くことが必然であるように、彼の筆は運ばれていったのだろう。一人称で書き始めたこの小説は、ここにきて、主人公の「私」に、書き手である三島自身の私が重ね合わされていく。

結末はすでに決められている。だが、無地のフィールドの上に、一本の線が姿を現すかのごとく、語りそのものが切っ先となる。金閣焼失という未曾有の出来事、それ自体反復不可能なものが、語りという行為を通して、再演されていくのである。

小林秀雄は先の対談の中で、この小説に現れた三島の才能の過剰に触れ、「魔的」であると評している。その言葉には、何か不吉なものを読み取っている節さえ感じられる。何かが乗り移ったかのように、書くことと書かれたことの間にある落差がしばしば中断し、筆は結末へと導かれていく。

『金閣寺』に動機は書かれているか

小林秀雄は『金閣寺』を動機小説であるとし、「君のラスコルニコフ（溝口）は、動機という主観の中に立てこもっている」と三島に語っている。それに対して『罪と罰』はラスコルニコフが老婆を殺したあとから書かれた小説であり、そこには動機らしき動機は書かれていない。ドストエフスキーは、当初は主人公の告白体で書こうとしたが、それでは小説にならないと思い、リアリズムを採用したのだという。

確かに小林のいうように、『金閣寺』は意識空間の中での小説である。しかしそこには動機は書かれていない。あえて書かれているとすれば、それは意識の内部において完結した動機である。外から持ち込まれたものではない。貧困や劣等感や怨恨といった人間的なもののにおいがしない。それゆえに小林は、小説ではなく、叙情詩であるというのであろう。だが、まさにそこにこそ『金閣寺』の真価がある。

一人称で書かれた金閣は、形式的には事件のあとに主人公が書くという形をとることになる。だが『金閣寺』には告白体にみられる内省や事後性とは無縁である。むしろリアルタイムで進行する。そしてそれがめがけるのは、ある意識宇宙の究極である。

そのことが一筋の線としてくっきりと浮かび上がるのは、定言命法が出現したところからである。前章でもみたように、住職は「お前をゆくゆくは後継にしようと心づもりしていたこともあったが、今はっきりそういう気持がないことを言うて置く」と告げ、溝口は出奔する。これは一見、決定的な動機にみえるが、きっかけにすぎない。すでに胚胎した実存の励起が、定言命法へと析出する契機である。住職は超越者の位置から滑り落ち、俗物と化す。あえていうならば、超越者との対峙《たいじ》という構図の中に漲《みなぎ》っていた存在の強度が、方向を見失ったのである。

溝口は、柏木から金を借り、建勲神社で御籤《みくじ》を引き、凶と出た西北に方向を定め、旅立つ。それは故郷の方角である。しかし母はすでに寺を退去し、そこにはもはや棲《す》む家はない。

そして、早朝の山陰線の列車に乗るべく寺を出て行くとき、溝口は「出発せねばならぬ」とつぶやく。この言葉は彼の中で発動されるのを待って、ほとんど羽搏《はばた》いていた。そしてさらに「私の環境から、私を縛《いま》しめている美の観念から、私の轗軻《かんか》不遇から、私の吃りから、私の存在の条件から、ともかくも出発せねばならぬ」と独白をたたみかけ、定言命法を際立たせる。

溝口は西舞鶴で降り、成生《なりう》ではなく、由良海岸へと足を向ける。おそらくは少年時代に遠足あるいは海水浴で行ったことがあるところだろう。しかし何かあてがあったわけではない。ただ、生まれたままの姿の荒々しい海、肌理《きめ》の粗い、しじゅう怒気を含んでいる、あの苛立《いらだ》たしい晩秋の裏日本の海をめざした。

由良川を下るにつれ、河口のむこうに幾重にも畳まれていた波が、徐々に灰色の海面を示してくる。そして何かの意味が私の心に閃《ひらめ》く。それは閃くかと思うと消え去り、意味は失われる。

浜に出て波打ち際に向かう。海は荒れており、波はつぎつぎと押し寄せ、波の間に深淵をのぞかせる。暗い沖の空には累々《るいるい》と雲が重なる。そして、ふと、ある想念が到来する。それは、先ほどから閃いては消えていった意味を啓示し、あかあかと私の内部を照らし出す。さらに想念は力を増し、大きさを増し、ついには私を包み込む。その想念こそが「金閣を焼かなければならぬ」であった。なぜ焼かなければならないのか。そこには理由も動機もない。焼かなければならぬがゆえに焼かなければならぬのである。ここに溝口が養賢と出会うポイントがある。

ナルシシズムの破砕

では、なにゆえ金閣なのだろうか。そのことについては、理由がないわけではない。養賢の場合、金閣は自分を呼び寄せた超越論的な他者だったからである。それは彼の実存を励起させ、挙げ句の果てに、世界の中の余剰として超絶的な孤独と戦慄的な緊張の中に放擲《ほうてき》したのである。瑕疵《かし》としての存在の責めを負うものがあるとすれば、自分自身以外には、金閣しかありえない。そして養賢は、金閣もろとも焼け死のうとした。もっとも彼自身には動機の自覚はない。それは「自分」などというちっぽけな個体に先行する動機である。

では、溝口の場合はどうなのだろうか。前章でみたように、『金閣寺』においては、動機と呼べるものが一つだけある。それはまさに「離隔」であり、それを象徴するのが金閣であった。ただし離隔は、あくまで意識空間の内部における動機である。対人的なもの、社会的なものではない。そしてこの離隔は、三島自身の離隔に他ならない。ここでもう一度、取り上げ直してみよう。

三島を苦しめてきた離隔とは、ナルシシズム的宇宙に内包されている現実感の稀薄さであり、その世界の外への通路が閉塞していることである。前章では、溝口にあらわれる折々の金閣が、そうした三島の心象世界とその変遷に重なり合うことをたどり、そして最後に、「滅びのあわいにおける美」という一つの発見にたどりついた。

溝口の中で、金閣は一貫して離隔を象徴するものであるが、小説の中で、微妙に不自然な現れ方をするところがある。それは生身の女性との間に割って入る金閣である。「不自然な現れ方」と言ったのは、それが心理的動機へと読者を誘い、消化不良のまま取り残される可能性があるからである。だがそれは、三島のナルシシズム的世界がどのようなものであるかを垣間見させるものである。

　エピソードは二度起こる。一度目は柏木が溝口を誘い、令嬢と下宿屋の娘を連れて嵐山に遊んだときのことである。柏木は令嬢とさる場所にしけこみ、溝口は下宿屋の娘と二人だけになる。これも柏木の計《はか》らいである。だが、いざことに及ぼうとしたとき、金閣が現れ、立ちはだかり、みるみる大きくなって、溝口を包み込む。そして娘はその外に取り残された。

　二度目は、柏木が弄《もてあそ》んだ生け花の師匠をあてがわれた時である。この婦人は、かつて南禅寺の一室で、出征する若い士官に乞われ、たてた薄茶の中に、袂《たもと》を広げて乳房から白い乳を迸《ほとばし》らせて飲ませた。溝口はそれを山門から鶴川と目撃したのである。柏木に捨てられた婦人は、袂から白い乳房を掻き出して溝口に差し出す。しかしそれは「生の全体から切り離されて、ただそこに露呈されてあるもの」であった。やや遅れて、それが美しく見えだした時、乳房は「徐々にそれ自体の原理の裡《うち》にとじこもった」のである。そして乳房は金閣に変貌する。女は冷め果てた蔑《さげす》みのまなざしで溝口を見やりながら、乳房を懐に収める。若い娘の肢体も、熟れた女の美しい乳房も、彼の世界を官能で色づかせることはない。

　ここで金閣は、離隔の二つの形を示している。最初のエピソードでは、金閣はナルシシズムの檻《おり》として溝口を包み込み、現実を置き去りにする。二つ目のエピソードでは、単なる肉塊にしか見えなかったものが、ようやく美をまとい始めた時に、それ自体の原理の中に自足して遠ざかる対象として現れる。

今一度、三島が自我の構造を遠近法のメタファーを用いて論じていたことを思い起こそう。そうすると、金閣がどのようなものとして位置付けられていたかが明確になる。第一のエピソードでは、金閣は視点に位置付けられる。そして世界はそれによってすっぽりと包まれる。その外側はない。目の前に開かれているのがすべてであり、それ以外のものはない。それゆえ自分が見ているという実感がなく、夢か現実かの区別もない。それどころか自分というものさえも定かではなくなる。

第二のエピソードでは、金閣は視点の向こう側にある。「美がそこにおり、私はこちらにいるという事態」である。その間は決定的に隔てられている。すべては書割の舞台の上で演じられ、私はそれを見ているだけである。

つまり、この意識宇宙の中では、全体の中に溶解するか、見る一点として疎外されるか、その二者択一しかない。いずれの場合も、閉じられた意識宇宙である。主体はこの世界の中に着床する地点を見出すことができない。というのも、実存という余剰物をかかえながら、それが住まう場所を見出すとするならば、それはこの宇宙の中に刻まれたニッチをおいてない。その中に身を滑り込ませるためには、意識宇宙には亀裂が、外部への開口部がなければならない。

かりに遠近法のメタファーを敷衍《ふえん》するなら、この開口部は無限遠点である。だが、先にみたように、三島の意識の遠近法にはそれがない。無限遠点は、絵画世界の中に虚の形で埋め込まれている。積極的に描くことはできない。それゆえ、絵画はカンヴァスの中で自足することはない。つまりそれは絵画の中の亀裂であり、外部への開口部である。それがあるがゆえに、見る者は絵の外側に疎外されることもなく、また絵の中に埋没することもなく、見る主体としての位置を与えられるのである。だが三島においてはその開口部が塞がれている。

それゆえ、三島の意識宇宙のメタファーとしては「球」と言った方が適切である。「ナルシシズムの球体」である。つるつるとして、どこにも開口部が見出されない。壁に取り巻かれているような世界である。そこには自分の心象世界が映し出されるのだが、その世界の中に閉じ込められる。パースペクティヴを開こうにも、奥行きは生じない。書割のような舞台が現れ、自分はそれを外から眺めているだけである。

金閣はこの球体そのものである。その伽藍《がらん》の中に溝口＝三島は捉え込まれている。他方、壁の向こう側になにかしら自分を惹《ひ》きつけるものがあると、金閣がさまよい出てくる。そして彼の前に立ちはだかり、開口部を塞ぐ。惹きつけるものとは、女である。それは小説の冒頭に現れる有為子に象徴されるように、溝口には拒まれていた対象である。

嵐山の草陰で、溝口が下宿屋の娘の裾に手を滑り込ませようとしたそのとき、金閣が現れる。それは「近いと思えば遠く、親しくもあり隔たっている不可解な距離に、いつも澄明に浮かんでいる」。遠近法は破綻している。金閣は意識内の心象のように浮遊している。振り返ってみると、小説全編を通して、金閣はそのような現れ方をする。それがふと、現実の対象として現れる時には、金箔の剝げ落ちたみすぼらしい亡骸のような建造物に退縮する。

娘との間に立ちはだかった金閣は、「はじめは微細画のように小さかったものが、みるみる大きくなり」、「私をかこむ世界の隅々までも埋め、この世界の寸法をきっちりと充たすものに」なる。この金閣は「私を包み、その構造の内部に私の位置を許していた」。だが、溝口はそこから出ることができない。そしてようやく肌が触れ合おうとした女から、彼自身を遠ざけてしまうのである。

離隔を突破するためには、さまよい出てきた金閣を滅ぼさなければならない。それは影を持たない、亡霊のごときものである。冥界《ハデス》へと送り返し、墓標を立ててやらねばならぬ。そうすれば、私の世界は外へと開かれるだろう。だが、それを滅ぼす時、自分自身もまた冥界に連れ去られるのかもしれない。なぜなら金閣は、私の存在を包み込むものだからである。

それでもやはり、このナルシシズムの球体は破砕しなければならない。たとえそれが自分自身の世界そのものであっても、生きるためには一旦は消滅させなければないのだ。炎上するとき、それはこの上もない美をまとうだろう。そしてしばしその影を水面に映し出すだろう。だが、金閣が焼け落ちたあと、はたして私は生き残るのだろうか。

第8章　生きようと私は思った

小説『金閣寺』を傑作たらしめた要因として、三島由紀夫が常套的に使う創作技法がある。それは、最初に結末を決めてから書くというものである。とりわけ演劇において自家薬籠中のものであった。まず、最後の台詞を設定するのである。この手法は小説でもしばしばとられた。

パロディを放棄したとき、この小説のラストは、主人公が火を放ち、金閣が焼け落ちるというカタストロフと決まった。このアポカリプスの一点に向けて、三島の堅牢で華美な言語がなだれ込んでいく。そこで紡ぎだされる言葉は、その言葉自体が凍りつく純粋狂気の極点を指し示すものとなる。その地点に向けて、この小説の言説空間は身をよじらせ、そのトルソの中で色づき、官能的に妖しく輝く。

そしてついに金閣は焼け落ち、物語は終焉を迎える。しかしこの小説を結ぶ最後の一行で、小さな反転が起きる。

　ポケットをさぐると、小刀と手巾《ハンカチ》で包んだカルモチンの瓶とが出て来た。それを谷底めがけて投げ捨てた。

別のポケットの煙草《たばこ》が手に触れた。私は煙草を喫《の》んだ。一ト仕事を終えて一服している人がよくそう思うように、生きようと私は思った。

小林秀雄は、先に引用した対談で、どうして主人公を殺さなかったのかと問いかけている。それに対する三島の応答は、あまり歯切れのよいものではない。小林は対談の末尾で再度そのことを取り上げ、「ほんとに退屈しなかった、読んでて。才能の魔ですよ。由良川で金閣は焼かなけりゃならんと決心するまでね。あそこはサワリだ。だけども、殺すのを忘れたなんていうことは、これはいけませんよ。作者としていけないよ」とたたみかけている。

小林は三島の才能を手放しで称賛しながら、他方で、これは小説ではなく叙情詩であると批判している。というのも、小説である以上、現実の対人関係、そして対社会関係が出てこなければならないからだという。確かにそのようなものかもしれない。

だが、かりに小説がそのようなものだとすれば、放火の真理には届かない。なぜなら、養賢は現実の対人関係や対社会関係の彼岸へと超え出ていったからである。他方、三島はその手前にいる。そうした関係性を描くことはできても、現実感覚をもっていない。両者は世俗という川をはさんで、両岸に隔てられている。だが、三島は自分自身のナルシシズム的世界の究極を志向することにより、対極にいる養賢に、行為の一点で邂逅《かいこう》し、真実を穿《うが》ったのである。もっとも、三島自身はこのような一致を目指してはいなかったであろうし、一致したとも思ってはいなかっただろう。

小林は、観念的な創作である以上、それはしかるべく主人公が死んで閉じられねばならぬという。これはある意味で神経症者の健全な理屈である。こうしたドラマは先験的過去、あるいはメタサイコロジーとして、封印されなければならない。対象の殺害は、生活する主体にとってはあずかり知らぬものであり、目覚めた時にはすでに済んでしまっていなければならない。しかし、分裂病においては、問題はメタサイコロジーではなく、メタフィジックスである。やむにやまれず突っ込んでいく、あるいは抗《あらが》いようのない次元から呼びかけられる、そうした次元である。

他方、三島が、自分自身には「無意識がない」と自任していたことはよく知られている。ギリシア的なものの発見以来、幾度となく公言されてきた。単にヘブライ的なものに対する嫌悪とも考えられるが、ナルシシズムの球体の中では、暗がりが存在しない。壁は自分の中の心象を映し出すだけである。ただ、晴朗な知性は、おのれ自身に他ならぬこの球体自体を破砕するモメントを内包している。ちょうど古代ギリシアの幾何学が、合理的体系の構築のさなかで無理数を発見してしまったように。あるいは三島的な修辞を使うなら、イカロスが理性の光源である太陽に接近して焼かれるように。

三島は養賢のその後に触れたあと、「でも、ぼく、人間がこれから生きようとするときに牢屋しかない、というのが、ちょっと狙いだったんです」と述べている。なぜ主人公を殺さなかったのかという小林の問いに対するおそまきの回答である。これは三島自身の生と、二重の意味で重なりあう。

一つは、それは三島自身に遅ればせに自我が芽生えたとき、言語的なナルシシズムの牢獄に閉じ込められている自分を発見したことである。ただしそこにカタストロフはない。彼が語るのはむしろ「罪に先立つ悔恨」（『仮面の告白』）という逆説であり、メランコリックな郷愁である。『金閣寺』の中でも溝口に次のように語らせている。

たしかに遠い過去に、私はどこかで、比《なら》びない壮麗な夕焼けを見てしまったような気がする。その後に見る夕焼けが、多かれ少なかれ色褪《いろあ》せて見えるのは私の罪だろうか？

（第九章）

こうして、三島は青年期に入ると、「悲劇的なもの」から永遠に拒まれているということを自覚する。自分の世界の中では、何かが起こるということがない。彼は、兇事に憧れ、その到来を待ち望んでいた。何かが起こって、この牢獄をぶち破らないと、自分の人生は始まらないのである。

それゆえ、今一つの意味としては、このナルシシズムの球体を破砕したときに何が起こるのだろうかという、三島自身の切実な思いがある。果たしてそのあとも自分は生きられるだろうか。もし生きるとすればどのようなものなのだろうか。そこにはまた新しい牢獄が待ち構えているだけなのかもしれない。サドやジュネのごとく、長い牢獄生活が待っているのだろうか。自分はその中でしか英雄になれないのだろうか。

三島は、狂気から覚めた溝口に「生きよう」と言わしめた。そこには、金閣を滅ぼしてなお、何が残るのか、そして自分はそこで生き延びられるのだろうかという、彼自身の切実な関心が重ね合わされてはいないだろうか。

執筆のあと

『金閣寺』を世に出すとともに、三島の地位と名声はもはやゆるぎのないものとなった。それによって現実感が得られたわけではないが、彼自身にとって支えともなり、自信ともなっただろう。いや、むしろ現実感がないがゆえに、目にみえる形での世俗的評価は、彼にとっては重大な関心事であったにちがいない。自我の外殻として必要だったのである。後年、恩義ある川端康成の懇請によって、ノーベル文学賞の推薦文を書かざるをえず、それによって受賞の機会《チャンス》を逸したことは、無念の極みであったはずである。

世俗的ということでは、豊田貞子との蜜月が終わるとともに、そそくさと日本画家杉山寧の娘、瑤子と結婚した。昭和三十三年四月に見合いをして、五月に結納をかわし、六月に川端の媒酌で挙式をあげた。母倭文重《しずえ》の甲状腺癌が発覚したということもあったが、きわめて事務的なテンポのことの運びである。国民的作家としての社会的体裁を整えるといった意図が、かなり露骨に出ているようにもみえる。

事務的といえば、三島のロールシャッハ・テストをとった片口安史は、彼の書斎に通された時、むしろ法律事務所のようだったという。三島は文学部ではなく法学部の出身であるが、そのことについて知人に問われた際、小説を書くのにあたって、論理的な構成力として存外役立っていると述べている。

それにしても、豊田貞子という麗人との離別は、結果的にみれば、三島にとって大きな痛手であっただろう。彼女の存在は、猪瀬直樹の『ペルソナ―三島由紀夫伝―』で「X嬢」として示唆されていたが、近年、岩下尚史のインタヴューによって、交際の詳細が明らかにされている（『直面（ヒタメン）――三島由紀夫若き日の恋』）。

貞子は、新橋の大きな料亭を経営する両親の元に生まれ、花柳界の真っ只中で育った生娘とでもいうべき女性である。慶應女子高に学び、文才に恵まれ、芸事にも精通していた。豪奢な生活を特段豪奢とも思わず、出かけるたびごとに異なる和服をまとい、足袋などは一度履いたら二度と使うようなことはなかった。世間知らずといえばそうなのだが、彼女にとってみれば、ごく自然なことだった。身のこなしや言葉には品格があっただろうが、今時の言葉でいえば、「天然」とでもいわれるような無垢な人だったのではないだろうか。そうでなければ三島とつき合うことはなかっただろう。二人と親交のあった湯浅あつ子によると、三島が生涯で肉体関係のあった女性は、貞子と瑤子夫人の二人だけであったという。そうだとすると、貞子は三島にとって初めての女性である。

二人が最初に出会ったのは、昭和二十九年七月、歌舞伎座の中村歌右衛門（六世）の楽屋である。当時、貞子は十九歳。その後、貞子は誘われるがまま、毎夜のごとく逢瀬を重ねた。彼女は三島の求めを、ほとんど抵抗なく受け入れた。

三島もまた、貞子を掌中の玉のように大切にした。彼女のレベルに合わせるために、かなり散財もしたようである。金閣寺の取材には、飛行機をチャーターして同行させている。その当時に書かれた『沈める滝』の顯子は貞子をモデルとしているとされているが、それを知るよしもない平林たい子に「あの女の部分は、第一、どんな女か、女が読めば判りませんよ。水商売の女か、つまりクロウトかシロウトか、全然判りませんよ」と書評の中で見抜かれている。

二人の交際は、昭和三十二年五月まで続いた。鹿島茂は、猪瀬の著書の解説のなかで、「私は個人的には、昭和三十年代初頭の『小説家の休暇』に描かれた頃の自信にあふれた三島が最も好きだが、その自信がX嬢〔貞子〕との肉体的恋愛によって支えられたものだとは初めて知った」と述べている。実際、この頃の三島は周囲に「おもしろいほど、書けて、書けて、仕方がないんだ」と口癖のように言っていた。そして『金閣寺』もまた、貞子との濃密な関係のさなかで書かれている。

小林は、先の対談で、「そういう才能が、君の様に並はずれてあると、ありすぎると何かヘンな力が現れて来るんだよ。魔的なもんかな。きみの才能は非常に過剰でね、一種魔的なものになっているんだよ。ぼくにはそれが魅力だった。あのコンコンとして出てくるイメージの発明さ。他に、君はいらないでしょ。何にも」

　この蜜月は、『金閣寺』の発刊（昭和三十一年十月）の翌年に終わる。貞子自身はインタヴューの中で、三島の束縛をつらく感じ始めたからと述懐しているが、今となっては、どちらから切り出したものかは判断がつかない。三島からの可能性も否定はできないだろう。讀賣文学賞を受賞した三島が、怜悧な計算をしはじめたのかもしれないし、母倭文重が果たして貞子を受け入れるかどうかを懸念したのかもしれない。

　だが、いずれにしても、貞子という稀有な女性に出会わなければ、三島に甘美な異性愛の回路は開かれることはなかった。そしておそらくは、あの『春の雪』も書かれることはなかっただろう。それ以前に、『金閣寺』もあれほどまでには官能的な妖しさをまとわなかっただろう。

　地位、名声、経済的安定、そして体裁の整った結婚と、三島の外殻は頑丈なものになった。しかし、当然のことながら、そのことは彼の精神世界が豊かになったことを意味してはいない。貞子を失うことで、膨らみかけていた彼の異性愛のアフェクトは、行き場を失った。

おいてけぼりの私

　では、『金閣寺』の文学作品としての成功は、三島のナルシシズム的世界になんらかの変化をもたらしただろうか。三年後に書かれた「十八歳と三十四歳の肖像画」では、自身の作品を振り返りながら、『金閣寺』についていささか奇妙な言及をしている。

ついで、やっと私は、自分の気質を完全に利用して、それを思想に晶化させようとする試みに安心して立戻り、それは曲りなりにも成功して、私の思想は作品の完成と同時に完成して、さうして死んでしまふ。

三島自身、『金閣寺』は、曲《まが》りなりにせよ、成功したと自任している。だが、いささか唐突に、彼自身の思想は、作品の完成と同時に死んでしまうという。これはどういうことだろうか。

三島は、『金閣寺』において、自分の気質を完全に利用して、それを思想に晶化しようと試みたという。気質とは、分裂気質と誤認した彼自身のナルシシズムのことであり、彼はその意識宇宙の究極をそこで描き切った。そして金閣放火という兇事を、厳密にその一回性のもとに、言語空間の中に表現しつくした。反復不可能なものを反復せしめたのである。

つまり兇事は言語宇宙の中で完結している。完結しているからこそ、超絶した精神病理を開示することができたのである。だが、書きおえて、作品として完成したとき、作者としての三島は、取り残されるのである。置き去りにされるのである。少年時代に詩を断念した幻滅と同じ構図が反復されている。

おそらくここに、三島が主人公溝口に「生きようと私は思った」と言わしめたもう一つの意味がある。『金閣寺』の最後の一文は、言語宇宙を閉じるそぶりをみせながら、実は、この一点の余剰で、作者としての自分を作品につなぎとめるものだったのではないだろうか。小林が「殺すべきだった」と執拗に苦言を呈したのも、そのあたりの不自然さを嗅ぎ取ったからなのかもしれない。『金閣寺』という作品は、きわめて皮肉なことに、その成功の蔭で、どれほどの傑作を書いたとしても、ナルシシズムの牢獄からは解放されないのかもしれぬという幻滅を、三島に残すものであったのではないだろうか。文学によっては自分の宿痾《しゅくあ》は快癒せず、いつか自分の精神世界は枯渇していくのではないかという不安を与えるものであったのかもしれない。

それと相前後して、三島は肉体の鍛錬を始める。別の系を通して、現実への通路を開鑿《かいさく》しようと試みたのである。昭和三十年からはボディビルを始める。昭和三十一年からはボクシングにも取り組んだが、あまりにも不器用であり、頭部へのダメージを心配して、剣道に切り替えた。それまでのいかにもひ弱で運動音痴だった三島にとって、身体の鍛錬ほど似つかわしくないものもない。だが、持ち前の精励によって、数年後には筋骨隆々とした身体を手に入れ、剣道ではのちに五段にまで昇段した。

筋肉の鎧《よろい》はナルシシズムの外殻を補強するばかりではない。鍛錬における痛苦や疲労、緊張と弛緩のリズム、動きの中における意識の変容など、これまで閉ざされていた感覚的世界を解放した。それは彼に素朴な喜びを与えるとともに、のちには「熱した筋肉を快い風になぶらせながら」、「筋肉が一つの世界を確実に噛み砕き、それを透明な力の純粋感覚に変え」、「拳の一閃、竹刀の一打の彼方にひそむものこそ実在の精髄」などといった醇美《じゅんび》な表現を与えるようになる。

ただ、肉体の彫琢《ちょうたく》は、三島のナルシシズムをいささか不名誉な形で露呈させることにもなった。それは一般人がナルシシズムやナルシストという言葉からイメージする通俗的なものとさして変わらない。劣等感の裏返しの自惚《うぬぼ》れや子供っぽい自己顕示である。三島ほどの知性の持ち主が、あまりにも臆面もなく、俗悪の極みを平然とやってのけると、三島にシンパシーをもつ者でさえも言葉を失うだろう。ましてやそうでない者にとっては、失笑、嘲弄の格好の機会を与えるものであった。しかしまさにこの臆面のなさこそが、三島のナルシシズムの根深さを物語っている。

だが、決定的な問題は、三島において、言語の系と肉体の系が、どうしても結びつかなかったところにある。

『鏡子の家』の蹉跌

昭和三十四年、『金閣寺』から三年後、三島は満を持して新たな大作を世に出す。『鏡子の家』である。雑誌の連載という形をとらず、一年半という歳月をかけて書き下ろされたものであり、三島としてはこれを機に、ヨーロッパ型の文豪生活に入ることを目論《もくろ》んでいた。

ところが、作家として絶頂の時期に書かれたこの作品の評価は、意外にもかんばしいものではなかった。一人、奥野健男が賞賛した後は、奇妙な沈黙が続き、それを見計らったかのように、酷評が相次いだ。ここぞと言わんばかりの意趣返しである。売れ行きもはかばかしくはなかった。この挫折は三島の人生において、大きな転換点となる。

だが、批評家の評価はともかくも、『鏡子の家』は三島を知る上では、きわめて重要な作品である。

小説の舞台は、資産家の令嬢、友永鏡子の家である。物語の期間は、昭和二十九年四月から昭和三十一年四月までの二年間に設定され、前後半一年ずつの二部構成となっている。

鏡子は、夫を追い出し、信濃町の豪奢な邸宅に幼い娘と二人で住んでいる。そこには、思想も階級も問われることなく、若い男女が自由に出入りするサロンが開かれている。どのような話をしようと、どんな色恋沙汰があろうと、咎《とが》められることはない。

鏡子は支那風の面長な顔立ちをした美しい女性である。自由と無秩序を愛し、淫売屋のごとき場の中心に身を置いている。だが、娼婦のようなたたずまいをしながら、女主人としてその場を統《す》べる彼女自身はストイックである。男に身をゆだねることはない。

物語の中心となるのは、有能な商社マンである杉本清一郎、大学のボクシング部に所属する深井峻吉、役のつかない美貌の舞台俳優の舟木収、そして画家の山形夏雄の四人の青年である。彼らはいずれも三島の分身にほかならない。

この小説でも、テーマとなるのは「離隔」である。それを象徴するかのように、冒頭で、彼らの乗った車の行く手が、跳ね上がってきた勝鬨《かちどき》橋の鉄の橋梁によって塞がれる。四人の青年は自分が壁の前に立っているということで連帯しているが、それぞれ向き合い方は異なる。そのあたりを三島はいかにも手馴れた手法で修辞的に表現している。


『俺はその壁をぶち割ってやるんだ』と峻吉は拳を握って思っていた。

『僕はその壁を鏡に変えてしまうだろう』と収は怠惰な気持で思った。

『僕はとにかくその壁に描くんだ。壁が風景や花々の壁画に変ってしまえば』と夏雄は熱烈に考えた。

そして清一郎の考えていたことはこうである。

『俺はその壁になるんだ。俺がその壁自体に化けてしまうことだ』

清一郎とニヒリズム

三島はこの小説を「ニヒリズム研究」としている。自薦文には、「「金閣寺」で私は「個人」を描いたので、この「鏡子の家」では「時代」を描かうと思つた」とある。

戦後十年がたち、世の中には個人主義が浸透した。だが、そのようなものはいかにも頼りなく、聖性を喪失し、巨大化、画一化していく社会には対抗しえない。まさにマックス・ウェーバーが「鉄の檻《おり》」と称した俗化した社会が立ち現れている。こうした時代をいくばくかなりとも真摯に生きるならば、ニヒリズムは避けて通れない。当時の三島の時代認識を素描すればおおよそこのようなものになるだろう。そこには彼自身のナルシシズムが重ね書きされている。

四人の青年の中で、ニヒリズムをもっとも直截に体現しているのが、清一郎であり、特権的な中心人物のいないこの物語のぶれない軸となっている。彼は世界が滅びると確信しており、この信念があるがゆえに生きることができるのだという。世界が必ず滅びるからこそ、グロテスクな口を開けた赤いポストも、あざらしのような顔をした駅長も、ふやけたアド・バルーンも、エレベータの卵色の壁も許せるのである。

彼は会社では単純で俗っぽく健康な好青年を演じきる。他人の欲望を自分の欲望として取り入れ、野心などまったく無意味と思っていながら、野心家のごとく行動する。そして次期社長の令嬢と結婚し、米国出張に抜擢され、世俗的な成功を重ねていく。彼がニヒリズムを披瀝するのは、鏡子やその仲間といる時だけである。この清一郎は、「勤勉な銀行員のような作家」と揶揄《やゆ》される実際の三島の姿に近い。ニヒリズムに徹底的に浸され、いかなる幻想にもまどろめない醒めた意識を持ちながら、世界の破滅という確信によってそれを生きるという逆説を、鋼《はがね》のような意志によって生き続ける。

行動の人・峻吉

深井峻吉は、四人の中でもっともシンプルな類型として描かれている。「瞬時もものを考えないようにすること」を信条とし、「記憶のない人間になること」を志す。彼は日本大学とおぼしき大学の拳闘部のキャプテンである。三島がボクシングの手ほどきを受けたのも日大の拳闘部である。彼はそこで、自分の対岸にいるこうした純粋な青年たちと出会ったのだろう。極端な類型化をしているようにもみえるが、こうしたタイプの青年は意外にいるものである。

峻吉の兄は昭和十七年八月、ソロモン群島で戦死している。彼にとって、その兄は羨望の的である。「兄は行動の亀《き》鑑《かん》だった。行動家にとって必須のものである、彼を行動に追いやるあらゆる動機、強制、命令、名誉の意識、………すべて男にとって宿命と分ちがたい観念であるところの義務の観念、加うるに、有効な自己犠牲、闘争のよろこび、簡潔な死の帰結、兄にとって何一つ欠けているものはなかった」。それからすれば自分の戦いの人生など余生である。ここにはのちに「葉隠入門」などで展開される行動の哲学・美学が先取りされている。

ただ、執筆当時の三島にとって、この分身はまだ理念型にとどまっている。そして肉体や行動を描写する言葉はまだこなれていない。『鏡子の家』は、ところどころで混じる凡庸な常套句や空疎な修辞を除けば、全編、流麗で明晰な文が連ねられている、その中で、ボクシングの描写だけは、読んでいていくらか鼻に付くというか、白けさせるものがある。もっとも、行動と言葉はそもそも背馳するものであり、この矛盾に後年、三島は逢着することになる。

峻吉は、その後プロ入りし、順調に勝ち進んで日本チャンピオンになる。だが、その日の深夜に立ち寄った酒場で、チンピラ達に絡まれる。峻吉は取り合わなかったが、無意識に振り払った手が、一人の男を転倒させ、彼らは退去する。しばらくして勘定を済ませ、店を出ようとしたところ、卑劣な奇襲を受け、倒れて手をついたところ、右の拳を砕かれる。彼のボクサーの道は一瞬にして絶たれた。

何をするあてもない峻吉にとって、何も考えないという信条を貫くことは努力を要した。無意味が彼にまとわりつき、考えること、想像することへと誘おうとする。古本屋で老教授をみかけたとき、老醜にぞっとした峻吉は「目をつぶって、大いそぎで、何も考えずに、人生を駈けなくちゃならない」と思う。

そんな折、峻吉は、大学の先輩、正木から右翼団体への勧誘を受けた。最初は取り合わなかったが、何も信じる必要はないといわれる。その理由を問う峻吉に、正木は、信じない奴ほど有能だと答える。そして、思想は、ただえもいわれぬ陶酔を獲得し、自分の死と他人の死を身近に感じる道具にすぎぬのだと説く。何も考えないための思想という逆説に納得した峻吉は、入会を承諾し、血判を押した。

鏡を破砕する収

舟木収は、美貌の役者の卵であり、つねに受身的でありながら、女に不自由することのない青年である。それゆえ三島の分身として似つかわしくないようにみえるが、その反面、その精神世界の闇をハッとさせられるほど忠実に映し出している。

　収の存在は稀薄である。そばに腰を下ろして煙草を喫《の》んでいると、その閑暇《かんか》の姿が、切り抜いたように、あまりにもぴったり形にはまって、まるでそこに居ない人のように見えてしまう。ちょっとでも黙ったが最後、彼のまわりには見えない城壁が築かれ、誰の介入も許さない彼だけの世界がそこに出現する。そして彼自身は、自分自身が本当に存在しているのかという実感が持てないのである。

　ここまでならば、『仮面の告白』をはじめとして、三島自身によって、繰り返し明かされてきたことである。だが「もし僕にもっと肉があったら、僕の存在はもう少し濃くなるだろうか？」という考えが収に芽生える。そして大学の先輩である武井にボディ・ビルの手ほどきを受けるようになる。武井は収に「思想は筋肉のように明瞭でなければならぬ。内面の闇に埋もれたあいまいな形をした思想などよりも、筋肉が思想を代行したほうがはるかにましである」と説く。収にはそもそも思想などないにもかかわらず、である。のちの三島の政治的な転回を予想させる。

　その後、収は訓練を続け、貧相だった身体は筋肉の厚みをまとう。そして分厚くなった筋肉に触れてみるとき、確かに自分が存在するという実感が得られた。「自分の内部の層が、心と肉と、はっきり二層に重なってくるようである。そう思うと、自分は精神をすこしずつ掻《か》い出して、それを筋肉に変質させてゆきつつあるように思われる。（中略）心を持たない筋肉だけの人間になるだろう。（中略）『僕はそのときこそ完全に、ここに存在しているだろう（後略）』」。これまでにはなかった身体の系が、三島自身に実装されつつあったことを物語っている。だが、単に筋肉がついただけでは、収（＝三島）の存在の稀薄さは解消されなかった。というのも、心と肉の二つの系は切り離されたままだったからである。

収の母は新宿で小さな服飾店をいとなんでいる。夫は別の女と暮らしており、家に寄り付かない。収は役者の稽古のために本郷界隈に下宿をしていたが、母のところにはしばしば顔を出すようにしている。店の経営がはかばかしくないことを案じた母は、喫茶店に商売替えをはかる。この計画はあたり、店はしばらく繁盛する。だが、それもつかの間、悪質な金融業者から資金を調達していたことから、連日、チンピラまがいの男たちが店に入り浸り、高利の取り立てに遭うようになる。

母親は打ちひしがれ、客足は遠のく。収は峻吉の加勢を頼むなど手助けを試みるが、事態は好転しない。最終的に金融業者の女社長である清美に証文を差し出し、借金の棒引きと引き換えに、彼自身の身柄をその醜女に預けることになる。そして情夫としての生活が始まる。

夏のある日、清美は収の裸体を眺めながら、冷たいタオルで拭いて愛撫する。そして突然、脇腹を剃刀《かみそり》で薄く斬った。このとき、収は、一度もしっかりとわがものにしたことのなかった存在の確信に目覚める。すべての存在の環につながったと感じたのである。自分の存在を確認するのは、血と痛苦であることを、そして単に愛撫するだけでおさまらない、苛烈な他人からの関心であることを確信した。単なる筋肉の厚みだけでは足りなかったのである。

ただ、この痛苦は、放っておくとすぐさま観念上のものとなる。お芝居の血でも足りるかのようになり、存在の感覚は再びあやふやなものとなる。本来のナルシシズムが頭をもたげてくる。それゆえさらなるリアルな痛苦が求められ、ついには肉体が滅びることを渇望する。収は鏡子にだけ、心中のありうべきことを言い残し、そして清美と情死する。

収のたどった運命は、不吉なまでに三島のその後の生と符合する。筋肉の質感だけでは飽き足らず、狂おしいまでに血と痛苦を求め、苛烈な関心を寄せる者との情死。欠けているものがあるとすれば、政治的大義、そして恋闕《れんけつ》の至情であろう。収の死を聞かされた清一郎は、「意志のなさそうな男の、唯一つの意志」と評した。

夏雄　ナルシシズムからの出立

　四人目の青年、画家の山形夏雄は、他の三人とはやや趣を異にする。第2章でやや詳しく紹介したように、ナルシシズムと分裂気質の交点に位置付けられるタイプである。その点で『金閣寺』の溝口と似ている。『鏡子の家』には特権的な主人公はいないが、おそらく三島がもっとも描きたかったのは夏雄であろう。

　夏雄もまた離隔をもつが、それに違和をおぼえない。離隔はむしろ恩寵の皮膜であり、それに守られながら、おとなしく、やさしい心やりに充ちた、人に愛される青年として育った。それはN新聞社賞を受け、世間的に有名になっても変わらなかった。

> 　その大人《おとな》しく、人を傷つけることを好まない典雅な性質は、あいかわらず誰からも愛され、彼が疲れて席を外そうと思うときは、持ち前の幾分憂鬱な子供っぽい微笑を人に示せばよかった。
>
> 　自分の名声と彼はほとんど没交渉に暮していた。人間社会に対して疎遠な、それでいてこれと云った冷たさのない、いわば微笑を含んだ離隔をつねに持してきた夏雄は、何も新らしい事態に処して態度を新たにする必要がなかった。すべてが自分の上に起った事件だという実感が少しもない。彼の人生には「何かが起る」ということはありえない。

夏雄の目は依然として、自分の好きなもの、美しいと思うものをしか見ない。そのほかのものは目に入らないのである。

夏雄もまた、現実感の稀薄さをもつ。自分の人生には決して事件が起こらないのである。そして世界が他人の目にはちがった風に映るなどとは想像もしなかった。それゆえ、風景を冷静に見ている彼の明瞭な意識が、突然、風景の中に陥没することがある。描くときには鳥がただ囀《さえず》るように絵を描いてゆくのだが、その熱情は描き終わると忽《たちま》ち消えていく。こうしたところは三島のナルシシズム的な世界が反映されている。風景の中に他者が登場しない。

しかし他の三人と異なるのは、どこかに傷つきやすさや過敏性を隠し持っているところである。そうでありながら、あたかも危険の側が、それを察知して、彼を避けて通っているかのようなところがある。夏雄の存在はこうしたきわどい均衡の上にあり、しかもそのきわどさに気づかない危うさを読む側に与える。

受賞したあとも、夏雄のあり方には何の変化もなかった。しかし社会は、そして他者は確実に彼に忍び寄ってきていた。自分の足元が掘り崩されつつあったのだが、夏雄は一向に気づかない。そこへ美大生とおぼしき女の生暖かい、揶揄《やゆ》の一撃が見舞われる。「あれ、たしか山形夏雄だわ。売り出したと思って、いい気なもんね」。そして夏雄と外界との構図は潰《つい》え、遠近法は崩れてしまう。

この場面の迫真性は、かつて安永浩（わが国を代表する精神病理学者の一人）が、発症のモデルとして引用している。安永は、病因論に関して、どちらかというと生理学的な見解をとるのだが、この夏雄の破綻を、発症のありうべき一つの基本型として呈示している（『分裂病の論理学的精神病理──「ファントム空間」論』)。それほどまでに、三島の分裂病に対するセンスは秀逸である。
その後、夏雄は「風景から拒まれている」のを感じ、「色彩ばかり押し寄せる夢」を見る。やがて富士の樹海が眼前で消えてゆき、世界が妙にけばけばしい象徴性をもった混乱に陥る。夏雄はもはや描くことができない。司法精神医学者の福島章は、このあたりの記述を分裂病的としている。だが、夏雄に起きているのは、感覚世界の混乱である。これも戦慄的な描写ではあるのだが、やはり他者の影を感じさせない。現れても、世俗的な他者の煩《わずら》わしさを超えるものではない。そして世界の変容の裏側に、不気味な意味を感じさせることもない。

むしろ、その後の夏雄の回復過程にこそ意義深いものがある。それは、この小説の白眉とさえ言えるだろう。

変調をきたした夏雄は、再三書簡を寄こした中橋という国学派の宗教家に、意を決して会いに出かける。中橋は夏雄に「鎮魂玉」なるものを探すように諭《さと》す。夏雄は多摩川に出かけ、川縁でほぼ正円形に近い白い半透明の石をみつけ、家に持ち帰って白木の三宝に供えた。この鎮魂玉を携えていると、夏雄は世界との親和が取り戻されたように感じる。鎮魂玉の前に端座して印を結んだとき、夏雄はこの石が、絶対に孤《ひと》りの、それ自体で完結した物象としてそこに置かれてあることを見出す。

> ……この五分径の小さな丸石は、決して絵にならない物象で、この世の生活や美や情念と何の関わりも持たぬ、いわば表現を峻拒《しゅんきょ》している純粋物質だったのである。
> それだけにこれは、他界に通ずる唯一の扉のノッブなのであった。この石は丁度この世と他界との境に位置していて、それがこの世の自然の全体から弾き出されていればいるだけ、他界の全

体の投影を、その中に小さく微細に納めている筈であった。

鎮魂玉はいわば無意味の核である。それはまさに夏雄の、そして三島のナルシシズム的世界の中に欠けていたものである。その石は世界から弾き出されている。弾き出されているがゆえに、ナルシシズムを外に、そして他者へと開く。夏雄は回復の端緒をつかんだのである。

物語の掉尾《とうび》、夏雄はメキシコへと絵の修業に旅立つ前に、久しぶりに鏡子の家を訪れる。鏡子はすでにサロンを閉じ、改装をすませ、二日後には夫が帰還することになっている。そこで夏雄は、自分が最終的に回復したエピソードを鏡子に語る。

それは彼の枕元に置かれた一茎の水仙（ナルシス）によってであった。寝床に半ば体を起こしたまま、彼の目覚めを待っていたかのようなその花と、じっと相対した夏雄は、朝の光りの中で、全くの沈黙の裡に、二人きりでいることを実感し、見る自分と見られる水仙とが、一つの堅固な世界に属していると感じた。

　この白い傷つきやすい、霊魂そのもののように精神的に裸体の花、固いすっきりした緑の葉に守られて身を正している清冽な早春の花、これがすべての現実の中心であり、いわば現実の核だということに僕は気づいた。

核は石から花へと受け継がれた。花は石のごとく堅固ではない。しかし花は生きている。「もしこの水仙の花が現実の花でなかったら、僕がそもそもこうして存在して呼吸している筈はないと考えられた」。もはや私が水仙を見るのではなく、水仙が生きているからこそ、私は現実に生きている。実感は外から到来した。そして何より、この水仙は、母か、あるいは誰か家人が、そっと枕元に置いてくれたものである。こうしてナルシシズムは突破される。

その夜、夏雄は鏡子の褥《しとね》に導かれる。二年間、誰にも肌を許すことのなかった彼女は、まだ女体を知らぬ夏雄を甘やかな官能へといざない、旅立つ手向けとした。そしてみずから舞台を閉じたのである。

砕かれた希望

三島は同時期に書かれた「裸体と衣裳」というエッセイの中で『鏡子の家』にふれ、「とにもかくにもこの一年余り、私はこの仕事によつて幸福を味はつてきたのであるから、まづその幸福感を感謝しなければならない」と述べている。彼にしてみれば、会心作に近いものだったのではないだろうか。

三島の作品は、主人公がいざこれから生きようとしたところで閉じられてしまうと、しばしば評される。たしかに『金閣寺』も『鏡子の家』もそうである。溝口の場合、その後にどのような生が可能なのか、皆目見当がつかない。骰子《さい》は放り投げられたままである。

だが、それに対して、夏雄には、ナルシシズムの幽閉から解き放たれる希望が託されている。そして溝口が金色《こんじき》の小部屋（究竟頂《くきょうちょう》）に拒まれたのに対し、夏雄は鏡子に受け入れられた。三島の分身は、今度こそ生きようとしている。

「裸体と衣裳」には、「出来上がつた作品はそれほど絶望的ではなく、ごく細い一縷《いちる》の光りが、最後に天窓から射し入ってくる」と書かれている。三島は当初、「登場人物は各自の個性や職業や性的偏向の命ずるままに、それぞれの方向へ向つて走り出すが、結局すべての迂路《うろ》はニヒリズムへ還流し、各人が相補つて、最初に清一郎の提出したニヒリズムの見取図を完成にみちびく」というプランを立てていた。その中にあって夏雄だけは、ニヒリズムの反復強迫の外へと歩み出そうとしている。

だが、この希望は、無残にも砕かれた。死の三年前、三島は大島渚との対談で、『鏡子の家』が不評に終わったことの無念を述懐している。

> （……）自分は今川の中に赤ん坊を捨てようとしていると、皆とめないのかというんで橋の上に立ってるんですよ。誰もとめに来てくれなかった。それで絶望して川の中に赤ん坊投げ込んでそれでもうおしまいですよ、僕はもう。（中略）しかしその時の文壇の冷たさってなかったんですよ。僕が赤ん坊捨てようとしてるのに誰もふり向きもしなかった。

夏雄は嬰児のまま川に捨てられた。以後、文学空間の中でのナルシシズムの超克は断念されたのである。

エピローグ　まつろわぬ者たちへ

令和元年七月上旬、私は早朝、京都二条駅から「まいづる1号」に乗った。期せずして、金閣放火の時候である。洛西の山並みの上には梅雨の晴れ間の青空が広がっている。

驚いたことに、出発して十分も経たぬうちに、列車はトロッコ亀岡駅を通過した。かつて山陰道を京都の手前で扼《やく》していた山塊は、三つの長いトンネルによって貫かれ、なんの感慨も起こらぬうちに通り抜けてしまった。トンネルを一つ抜けると、旧山陰線が縫うように走っていた保津峡の深い渓谷と急流がしばし目に入るが、すぐにまた次のトンネルに吸い込まれてしまう。金閣放火の翌日、そこに身を投げた養賢の母志満子《しまこ》に手を合わせる時機はなかった。かといって、今さら観光用のトロッコ列車となった旧山陰線には乗る気になれない。

綾部で福知山方面行きと別れ、舞鶴線に入り、終点の東舞鶴に着く。出発してからちょうど一時間半の行程である。駅の近くでは、白い水兵服の二人組とよく遭遇する。海上保安学校の学生だろうか。舞鶴湾はすぐそこまで深く入り込んでいる。かつての大陸からの引き揚げ船が着いた港があり、記念館もある。

レンタカーを借りて、成生《なりう》に向かう。行程は約二十キロ。道は次第にアップダウンとカーブが多くなる。私は普段は車を使わないので、運転には神経を使う。半時間ほどの行程なのだが、一人の車中は、ずいぶん長い時間に感じる。丘陵地帯を降りていくと、ようやく眼下に海が開ける。成生の二キロ手前にある田井という部落である。西徳寺の本寺である海臨寺があり、養賢はこの部落にある尋常小学校に通っていた。海岸の崖の上をしばらく行くと、成生の港が眼下に見えた。道はそこで終わる。

遠望した成生は、小さな湾に突堤が覆いかぶさり、海が池のように囲まれていた。間近に迫る小高い山塊の懐に、家が密集している。浜辺には漁協やいわゆるかつての網元らしき家が並んでいる。突堤の方に浜が湾曲していくあたりに、漁港の水揚げ場所がある。

決してうら寂しい寒村ではない。家々の量感がそう感じさせる。戦前に鰤漁《ぶりりょう》で賑わった時に、一挙に裕福になった家がいくつもあったと聞いていたが、その名残りであろう。当時二十二戸あったというが、戸数が減ったという印象はない。あとで調べてみると、平成二十七年の国勢調査では二十世帯、住民は五十人とある。

風光もよい。冬はさぞかし厳しいのだろうが。背後の山は、部落へ入る道から見ると、丸みを帯びながらも急に立ち上がっており、光背のようである。

浜におりて海を眺めると、近くに島が入り江を塞ぐように横たわっている。突堤まで上がると、うっすらとかかった雲の向こう側に、若狭の山並みの輪郭が見えたが、敦賀の街までは見通せなかった。成生は岬の東側にあり、南西にある舞鶴の街は見えない。

突堤まで行き、再び水揚げ場の前を通ると、漁を終え、船から降りてきた壮年の男性がいた。こちらが会釈をすると、丁寧に挨拶を返される。林養賢の故郷《ふるさと》をたずねてやってきた旨を告げたが、特に嫌がられる様子もない。物腰も言葉も荒々しくない。穏やかな語り口で、タバコを一服しながら話される。「このあたりは昭和の雰囲気を残しているでしょう」という。映画「三丁目の夕日」や「男たちの大和」のロケで、浜の通りが使われたとのことである。前者は千葉、後者は広島の呉という想定である。

現在、西徳寺には住職はおらず、仏事は他の寺の僧が兼務している。自分たちも、盆に参るくらいである。養賢さんの父のあとも、常住の住職がいたこともあるが、追い返されたと聞いている。西徳寺は路地を登っていけばあるとのこと。「足を止めまして」とこちらが言うべき台詞をいわれて、漁師は辞される。

路地を登っていく。奥の方に「西徳禅寺」と彫られた石塔がみえる。五十メートルも行くと寺の前に出た。そこが集落の行き止まりになっている。本堂は幅が二十メートル、奥行きが十メートルの平屋建てであり、決して小さくはない。もっとも、本堂と林家の生活空間を兼ねていたので、広くはなかっただろう。新建材で壁や窓が改修されており、かつての雰囲気がどんなものだったかはよくわからない。寺は裕福な家に比べれば粗末であるが、それほどみすぼらしいものではなかっただろう。本堂には本尊の阿弥陀如来が安置されているが、鍵がかかっており、中には入れない。向かって右手に薬師堂がある。左側に小さな小屋のようなものがあるが、廃屋のようになっている。本堂の前方には、地蔵が五体、横長の祠の中に入っている。一体欠けているのかもしれない。その隣には、小さな石仏が並べられている。薬師堂のそばには小さな祠があり、手のひらほどの石仏が祀られている。養賢の父、道源の墓があると聞いていたが、見当たらなかった。

二つの折り返し地点

金閣を焼いてから後、結核で亡くなるまで、六年近い月日を養賢はどのような思いで過ごしたのだろうか。

静かなる純粋狂気が、突如、兇行として噴出したあと、現実へ回帰するための困難な行程が始まる。養賢が折り返した契機は二つある。一つは、火を放ったあと、金閣とともに焼け死のうという想念が起こり、究竟頂《くきようちよう》に登ろうとして拒まれた時である。二層目の入口の扉が開かず、吹き上がってくる炎が恐ろしくなった養賢は、舎利殿を飛び抜け、裏山に駆け上がった。

もう一つの機転は、公判の終結である。あとは判決の日を待つばかりとなった時点で、養賢は上申書をしたため、「無罪か或いは精神病院に行かせて下さい」と懇願した。

……あのような罪の責任を私に持たせようとして下さる御好意に更に感謝しています。けれども私には責任をお受けすることは出来ません。火あぶりにされても私の罪は消えません。唯社会の人々に許して下さいとお願いするばかりです。又一面精神病院に行かせて頂くことが、人々の心を安めて頂き納得して頂く一番いいことと思います。そして又病院で私の悩みを直して頂きたいです。このどちらかにして下さい。もし病院に行かせて頂けなかつたら、又社会の御世話にはなりますが、あんな迷惑はかけません。一度鹿苑寺へ帰つてすぐ僧堂へ行かせて頂くか、或いは伯父さんの宅は小さな従兄弟一人ですし、お願いして農業をさせて頂くか、どちらかにします。

お願いします。許して下さるか、病院へ行かしてください。

昭和二十五年十二月二十五日　京都地方裁判所御中　右林養賢

それまで養賢は端的に事実を事実と認め、動機については留保するという態度を貫いていた。逮捕された直後、供述で「断頭台にのぼして欲しい」と言った以外、みずからの処遇については一切言及していない。弁明もない。精神鑑定に対しても「自分は気狂いではないから必要はありません」と抗《あらが》った。司法という強力な他者から、行為の純粋性を守り通したのである。

では、いざ判決を前にして、なにゆえに「無罪か或いは精神病院に行かせて下さい」という揺れが起きたのだろうか。それは、ここで養賢が本格的に我に返ったからである。問いかけ、記録し、そして裁く司法からようやく解放されたのである。

ところが、いざ覚めてみると、そのちっぽけな自己にとって、金閣放火ということはあまりにも途方もないことである。いかにしてそのようなことが可能だったのか、純粋狂気から目覚めたばかりの意識には見当もつかない。早晩、とんでもないことをしでかしたという悔恨が追いかけてくるだろう。

それはどうにも贖《あがな》いようのないものである。養賢が訴えたように、たとえ火あぶりにされてもその罪は消えない。ましてや服役したところで償えるわけもない。

金閣に火をつけたのは確かに自分である。そのことは否認すべくもない。別の自分がやったわけでは断じてない。だが、それは自己というものをはるかに超えた行為である。いうなれば、法外な力に捕らえられ、世界の底を抜いてしまったのである。そのことを法は裁くことはできないし、みずからの手で贖うこともできない。養賢はそのように申し立てているのである。

だが、それでもなお、ようやく目覚めた以上、自分であることを放棄するわけにはいかない。当時はまだそういう時代であったのであり、養賢もまたそういう男であっただろう。二つの折り返し地点のはざまをエポケーで貫き通したのである。

困難な復路

刑務所に移送され、服役してまもなく、養賢から住職へ詫び状が頻回に送られるようになる。それは彼が現実世界へと回帰しつつある兆候である。だが、詫びと相前後して、分裂病症状が本格的に発動し、周囲にも異常な言動が気づかれるようになる。ここにおいて、純粋狂気は医学的疾患へと転轍《てんてつ》した。

「分裂病はすでに復路である」ということを思い起こそう。裏返せばそれは回帰がいかに困難であったかということである。凍結されていた自己のシステムが、再び作動しようとするとき、それはたちまち失調し始めるのである。

自己意識というものは、後悔や懺悔といったものと深く関わっている。conscience という言葉が示すように、意識と良心は同根である。自己意識は、「私が悪かった」と引き換えに、与えられるものである。身に覚えがないにもかかわらず、引き受けなければならない。それゆえ、普段は忘れていても、われわれの意識の底には、仄暗い罪悪感がまとわりついている。

敷衍《ふえん》するなら、自己というのは、起こった事象を自身に固有化するシステムである。というより、このシステムが機能する時、そこに成立するのが自己である。プロセスが先行するのであり、自己はそのプロダクツである。初めからあるわけではない。そして詫びることもまた、そのような自己生成のシステムの一つである。

　デカルトの「われ思う、ゆえに、われあり」は、自分の存在よりも思惟《しい》の方が先行していることを示している。そのとき考えているのは、まだ私ではない。ただ考えがある。問題となるのは、何を考えているかではなく、形式である。この考えているそのこと自体は、何にも還元することはできない。悪霊によっても、神によっても無にされることのない出来事である。この徹底的な単独性こそが、コギトの発見がもつ意義である。

　だがこのままでは、思惟は世界の余剰である。どこにも回収されることなく、孤児としてさまようことになる。それゆえ思惟は応答を受けなければならない。ここでシステムは一瞬外へと開くことになる。応答するのは、他者である。つまりここでは他者が先行しているのである。

　他なるものに突き当たって、初めて自分というものが生成する。それは自己意識のもつ宿命である。ただ、他者の関与は、意識の中では、すでに済んだこととして隠蔽されている。あたかも一貫した自分がいるかのように錯覚しているのである。だが、システムは、そのつど外に開いている。そこで応答を受け取り、それを自己固有化する。

　この他なるものに相当するのが言語である。言語は自己というシステムの中に還元されることはない。本来はそういうものである。

　かつて、言語は人間にとって遠い存在であった。神の言葉は選ばれた人にのみ預けられ、聖典に刻まれた文字は、権威によって咀嚼《そしやく》された上で、伝えられた。真理は別の場所にあったのである。こうした言語が、人間に、そして個人の手に委ねられたとき、近代的な主体が誕生する。みずからが言語の主人であり、真理の保証人であるとしたのである。

だが、それは一つの危険と背中合わせであった。言語はみずから語る次元をもつ。さらにいうなら、その背後に、他者が潜んでいる。そうしたおのれを裏切るかもしれぬものを、人間は自分自身の中に招き入れてしまったのである。死の二週間前、芥川龍之介は、次のように書きつけている。

> 「我々を造ったものは神ではない、神こそ我々の造ったものである。」――こう云う唯物主義者グウルモンの言葉は我々の心を喜ばせるだろう。それは我々の腰に垂れた鎖を截りはなす言葉である。が、同時にまた我々の腰に新しい鎖を加える言葉である。のみならずこの新しい鎖も古い鎖より強いかも知れない。神は大きい雲の中から細かい神経系統の中に下り出した。
>
> 『西方の人』

死か、さもなくば発狂かという汀《みぎわ》で、芥川は迫りくる狂気の姿を明晰に描き出した。神（＝他者）とは言葉であり、それが脳髄の中に降り下ってくるのである。

かつて分裂病と呼ばれたものは、こうした近代的な主体に内包された危機であった。そこでは、自己そのものが崩壊の淵にある。芥川も養賢も、彼らはあくまで一個の自分であろうとした。だが、まさにそれゆえに、他者に明け渡されてしまうのである。

自分の言葉であったはずのものが、もはや自分を与え返さない。言葉は行方不明となり、盗まれる。私自身にも知らない私の考えが、どこかで語られている。自分の発する言葉が、そのつど自分を裏切り、自分を嘲笑《あざわら》う。そして思ってもみない考えが忽然《こつぜん》と浮かぶ。それはすでに確定済みのことであり、私にはどうすることもできない。

こうした磁場に彼らはつねに晒《さら》されている。とりわけ病の核心部に接近するとき、言語行為は壊乱する。そして核心は、語りえぬものとして、取り残されるのである。それゆえ、もはや養賢には、ひたすら詫び続けるということしか残されていなかったのであろう。それが金閣放火に関して、主体としての可能な唯一の語りだったのかもしれない。

服役後の養賢については、残念ながら、もはや古典的な型通りの病像の記載しか残されていない。医療刑務所に移管され、釈放後は洛南病院に収容され、結核で亡くなるまで、彼の病は解体型の経過をたどっている。だが、その中にあって、詫び状だけは、大きな乱れなく書き綴られたという。

狂気の原像

分裂病という出来事にアプローチするときには、メタフィジカルな感性とでもいうべきものが要請される。およそ了解というものの届かない事態に対して、病者へのかかわりは了解が挫折したところから始まる。世俗的なものをいったんそぎ落とし、できうるかぎり開いた状態を差し出しつつ、相対しなければならない。

意外に知られていないことだが、三島由紀夫は、狂気に対して開かれたスタンスをもっていた。微温的な共感などに流されないがゆえに、公平である。裏返しの共感はあったかもしれない。そしてよく勉強している。それは金閣放火に対する同時代の文人たちの反応と比較してみれば歴然としている。

たとえば中村光夫は、『金閣寺』を近来まれにみる文学作品と称揚しながらも、金閣放火には

「それを宥すべきものにする人間的動機がまつたく欠けてゐます」と述べている。小林秀雄は、「金閣焼亡」というエッセイにおいて、「閉ざされた魂」をもつ「狂人」には「倫理感」はなく、「倫理的でない美はない」から林の行動は「空しい」と断じている。

すでにみたように、三島は『金閣寺』の執筆に際して、当初のパロディ的なプランをすべて投げ捨て、骨格については、ほぼ事実経過を踏襲することにした。そして「私」を主人公に据えたのである。きわめて異例なことであるが、そして彼自身が自覚していたかどうかはわからぬが、三島はここで「他者」を、より正確にいうなら、主体としての他者を描こうとしたのである。

三島の作品の登場人物は、主体というよりも役柄（キャラクター）である。その中には彼の分身のような存在も数多く含まれている。それらはプロセニアムの向こう側で、三島の演出によって、その役を演じて退場していく。こちら側に作者がいて、向こう側に役柄があるという布置。ここにも離隔が横たわっている。

ところが、大澤真幸の指摘するように、『金閣寺』の溝口は、三島の作品の主人公として例外的な存在である（『三島由紀夫――ふたつの謎』）。吃音があり、暗くて内向的であり、優柔不断で、外見も冴えない。たしかにそうである。華やぎというものがない。だが、むしろそれゆえに、読む者は彼の内面に引き込まれる。そして金閣を焼くことが、その世界において内的必然であるかのように導かれていく。

溝口は三島の分身ではない。そして単なる役柄でもない。主体として、そして主体としての他者として描かれている。ここで三島は、ナルシシズムの閉域の外へと踏み出した。みずからの離隔を突破し、ナルシシズムを破砕するという、三島の筆の常ならぬ挙措は、金閣放火という行為と折り重なる。対照的な、ある意味では相反するといってよい精神病理をもちながら、この一点において、二人は邂逅《かいこう》した。

狂気には原像がない。というより不可視である。それは社会というフレームにぶつかって初めて像を結ぶ。そして異状が周囲に覚知され、医学的疾患となり、語られることが可能なものになる。ただし、語るのは医学であり、世間である。それらは模像にすぎない。とはいえ、本人が自ら語ろうとするなら、言葉を一瞬他者に預けなければならない。その時、他者は内的空間に割入ってくるだろう。私より前に、私自身の秘密を知っている者として。

だが、養賢は、狂気の極点まで突き抜けた。像を結ぶいとまを与えなかった。その間、超越論的他者でさえ、口籠ってしまったのである。突き抜けた果てに生起した放火は像ではない。では何だろうか。それは、まさに現出するはずのない原像なのである。

しかし、例外的に原像が姿を現し、明確な跡を残していったにもかかわらず、それは語ることができない。それでもなお、医学も、司法も、世間も、それについて語り、みずからの圏域に還元しようとするだろう。だが、饒舌《じょうぜつ》であっても、いかにも無力であり、無残な姿を晒すだけである。

そうした中にあって、兇事を待望していた三島が、この千載一遇の機会を見逃すべくもないだろう。とはいえ、作品化はそう容易なことではなかった。事件から連載開始まで、五年半のインターバルがある。『青の時代』（昭和二十五年）が光クラブ事件の翌年に書かれたことと比べてみると、その長さは歴然としている。遺作となった評論「小説とは何か」の中の言葉を援用するなら、それは犯罪のもつ反社会的な「特権的輝き」を「盗み了する」ことから、「狂気の論理自体」に内在することに要した時間なのではないだろうか。

黄金の言語空間と「私」

三島が自身の言葉を白蟻に喩《たと》えたことはすでに述べた。白蟻たちは、ものごころがついた頃にはすでに巣食っており、現実はそれによって食い荒らされ、ひからびた、精彩を欠いたものとして与えられた。これが彼の離隔の原風景である。

少年三島は、この言葉を自在に操り、華麗な伽藍《がらん》を作ることに腐心した。それは同時に、彼をますます現実から遠ざけるものでもあった。自我に目覚めた時には、疎隔は決定的なものとなっていた。しかもその自我は、自ら作り上げた言語空間のなかに棲《す》む場所を見出すことができない。

戦中の絶滅の予感と、終戦直後の廃墟は、しばしこの絶望を紛らわせたが、日常的な時間の回復とともに、再び彼につきまとうようになる。『仮面の告白』という、らしくもない私小説は、その総決算の試みであった。それは文壇においては成功を収め、地位を確固たるものとしたが、みずからの離隔が解消されたわけではない。そして翌年、金閣放火という椿事《ちんじ》が起きる。

この小説で、三島はみずからの言語空間のなかに、溝口という語る主体を住まわせた。溝口は「私」と語り出す。ミダス王の紡ぎ出す黄金の言語のなかに、空虚な場が開かれたのである。溝口は金と化せられることなく、物語の劈頭《へきとう》から掉尾《とうび》まで、主体としてそこに留《とど》まり続けた。

小説の後半、老師も柏木も脱落し、溝口の単独行が浮かび上がってくる。誰もうかがい知ることのない、静まり返った無地の空間を、言葉が切っ先となって切り開く。そして表現と意味の落差は消失していく。溝口が「私」と語る。その「私」と語る一点に、黄金の言語空間の全重量がのしかかる。もはや焼くしかない。焼かなければならぬのである。

三島が溝口の「私」に内在する時、超越論的他者でさえも押し黙ってしまった世界が語りはじめる。言語が外への回路を失い、もしその回路が開鑿《かいさく》されれば、他有化されてしまうきわどい均衡の元にあった養賢。他方、三島の言語は、徹底的に固有化され、外側がない。それ自体の中に自存している。あたかも金閣にすっぽりと包み込まれたかのような世界。そのあり方が、期せずして、他者を突き抜けた分裂病の頂点で起こる事態をミメティックに創造することを可能ならしめた。

三島の醒めきった意識空間。しかしそれは永遠に覚めないことと等価である。真に醒めるためには、この空間を突破しなければならぬ。そして溝口を包み込んでいた黄金の大伽藍は焼け落ちる。その時、金閣はこのうえもない美しさを放ち、それが全編を輝かせる。

だが、金閣と異なり黄金の言語は不壊である。滅びない。その直前、究竟頂で焼け死のうとして駆け上がった溝口は、金色《こんじき》の小部屋に入ることを拒まれる。裸形のまま、溝口は放り出された。そして三島もまた、完結した作品の外に取り残される。黄金の言語は、その後の溝口を語らない。とはいえ、三島の飽和した言語宇宙に、語る主体という空虚の場が貫かれたことは、単に創作上の意義にとどまるものではないだろう。言語を生そのものとしていたからには、彼自身の中に何がしかの影響を与えずにはおくまい。いつものように離隔が残されただけではなかったのではないだろうか。

自刃への意志

世俗的成功の絶頂に支えられ、四年後、満を持して『鏡子の家』が発刊される。この作品の運命についてはすでにみた。おそらく、この小説に描かれたいくつかの類型と主体のあり方は、半世紀後の人間像を先取りしている。俗にいうなら、早すぎたのである。複数化と劇化の中で、ニヒリズムとナルシシズムの牢獄から抜け出し、歩み出そうとした夏雄は、嬰児のまま、川に流された。三島の精神病理はむしろ現代的だったのであり、今においてこそアクチュアルなものである。

ナルシシズムの球体そのものを構成する言語空間、それを言語を通して突破するという三島の試みは、こうして失意のうちに潰《つい》えた。最後にもう一度、『豊饒の海』において、三島は輪廻《りんね》という思想に一縷《いちる》の望みを託すことになる。第一巻『春の雪』、第二巻『奔馬』は、比翼連理の妙なる作品として結実した。だが、第三巻『暁の寺』の完成とともに、三島は絶望に襲われる。当時連載中だった「小説とは何か」によると、作品と現実の二つの世界は、小説（『暁の寺』）の完成によって確定され、一つの作品世界が完結して閉じられると共に、それまでの作品外の現実はすべてこの瞬間に紙屑になったという。ナルシシズム的言語空間の不壊がこうして確定した。そして第四巻『天人五衰』の結末へと急ぐことになる。

他方、三島は現実への突破を筋肉に求めた。晩年に連載された『太陽と鉄』の中では、「造形美に充ちた無言の肉体を、造形美を模した美しい言葉と対応させることによって、同一の観念《イデア》の源から出た二つのものとして同格に置いたとき、すでに私はわれしらず言葉の呪縛から身を解き放っていたといえるのだ」とある。ここで三島は、言葉と身体を同じ源から出たものとしている。だが、彼において、この二つの系は背馳する。どうにも結び合わない。

鍛えられた筋肉は三島にそれまで経験したことのない存在感覚を与えた。とはいえ、ただの存在感覚だけでは足りなかった。自分の筋肉を自分の目で見なければならないと三島はいう。奇妙な論理である。筋肉を見るなどたやすいことではないか。直接見ることもできれば、鏡に映してうっとり眺めることもできるだろう。

しかし三島のいう「見る」とは、自意識という求心的な内面の目をもって見るということである。そのことを彼は林檎を使って説明する。赤い不透明の果皮におおわれた林檎の外側を、いかにして林檎の芯が見ることができるのか、そしてまた紅いつややかな林檎を外側から見る目が、いかにしてそのまま林檎の中へもぐり込んで、その芯となり得るのか。彼の目は、ナルシシズムの球体の中にひそんでいるのである。そしてこの矛盾を解決する方法は一つしかないという。

> 外からナイフが深く入れられて、林檎が割《さ》かれ、芯が光の中に、すなわち半分に切られてころがった林檎の赤い表皮と同等に享ける光の中に、さらされることなのだ。そのとき、果して、林檎は一個の林檎として存在しつづけることができるだろうか。すでに切られた林檎の存在は断片に堕し、林檎の芯は、見るために存在を犠牲に供したのである。
>
> 『太陽と鉄』

三島にとって自意識と存在感覚は一致しない。なぜだろうか。それは心と身体の関係が転倒しているからである。本来なら、身体という土台の上に心が派生する。のちに心は自律的にふるまうようになるが、身体は心を支え、情動や内臓感覚という通奏低音を響かせる。そこは筋肉の躍動感も加わるだろう。しかし三島の場合、まず、言語宇宙のなかに幽閉された心があった。のちにそれは筋肉の鎧を外側にまとうようになる。

筋肉はそれまで三島に稀薄だった存在感覚を与えた。だが、それだけではまだ自分のものという実感がない。与えられたのはあくまで筋肉の存在感覚であり、自己の存在感ではないのである。ナルキッソスが水面に映った美しい顔を自分のものとわからなかったように、球体の中の意識にとって、筋肉は離隔の向こう側にある。

だが、特権的な契機が一つある。それは肉体に痛苦が与えられ、内部に、そしてまさに自意識に食い込んでくる確かな感覚となる時である。その瞬間、三島は環につながったと感じたであろう。ただし、その瞬間だけである。

ナルシシズムの目には見えぬ精錬された筋肉。外からやってくる痛苦の与える瞬時の実感。さらにはあの滅びのあわいの美。内からの突破の試みが無残にも悉《ことごと》く跳ね返された時、外側から、芯にむかって刃を入れることを、三島は狂おしく求めるようになる。それは願望であると同時に、彼の意識宇宙の論理的帰結である。そして論理的帰結である以上、果断に実行する。それが三島という男の醒めた狂気である。

肉体の精錬によって三島が失ったものは何か。そのことを一番よく知るのは豊田貞子ではないだろうか。彼女は夫の死後、映画『憂國』のビデオをつけてみたが、すぐに消してしまったという。そこには、かつて彼女が間近にみていた、ことばに尽くせぬほど澄んできれいな、あの公威さんの眼はなかった。

『金閣寺』から『鏡子の家』までの三島は、内的な快癒への意志を持っていたように思う。『金閣寺』では主体他者の意識の究極を、『鏡子の家』では病からの回復を妙なる筆致で描いた。結果的には、この二作が、彼の文学的到達点であった。今さら詮無いことではあるが、『鏡子の家』がしかるべき評価を得て、その後の幾たびか彼をみまった対人的齟齬が避けられたなら、もっと別の展開がありえたのではないだろうか。英雄であることの不可能な時代と知りながら、やむにやまれず、嘲罵にまみれた道化師のごとき死に跳び込んで行くこともなかっただろう。だが、それでもなお、三島の死は、戦後の日本における最大の歴史的断層であると私は思う。

墓標

養賢の生家、西徳寺を辞した私は、成生から安岡に向かった。これも約二十キロの行程である。来た道を戻り、東舞鶴駅の方に行く途中で東の方に折れる。ナビが「目的地周辺」とアナウンスしたあたりで車を止めた。前方に、小浜線が高さ数メートルの土手の上に敷設されており、道の先は隧道《トンネル》になっている。手前に車を駐車させ、墓を探す。二、三の通りがかりの人に共同墓地の所在を聞くが、皆知らないと言われる。

あきらめて引き返そうとも思ったが、『金閣炎上』の中で、小浜線の線路の向こう側に墓があったと書かれていたことを思い出した。再び車に乗り、隧道を抜け、狭い道を線路沿いにゆるゆると進む。右手には水田や畑があり、墓地はない。左手には、線路の土手下に家が並んでいる。その隙間から、土手際に何か墓らしき場所があるのをみとめて、車を降りた。結局見間違いだったが、一人の老人が家の作業場に入ろうしていたので呼びとめた。

墓参りの趣旨を告げると、「養賢ちゃんは、よくこの前を通っていました」という。「養賢ちゃん」という言葉に、彼の存在がにわかに現実味を帯びる。老人は養賢の五歳下だそうである。直接話をしたことはなかったが、体軀が大きく、吃っていたことを覚えている。事件のあとはこのあたりは新聞社の取材でごったがえし、「よけいなことをいうな」と大人たちからきつく言われていた。林家はもう少し先にあり、今は林喜正さんが継いでおられるとのこと。「喜一郎さんは優秀だったが、道源さんはあまり出来が良くなく、坊さんにでもなるしかないと言われ、それで僧侶になったと聞いている」という。

養賢は東舞鶴中学に在学中、安岡の林喜一郎（林道源の兄、養賢にとって伯父）の家に寄宿していた。それゆえ喜正さんは養賢の従兄弟にあたる。「お訪ねするのはご迷惑ではないか」と聞くと、「気さくな人だから、一度聞いてみたらいい」と言われた。

そこから五十メートルほど行くと、左手に林家の表札をみつける。意を決して、呼び鈴をならす。しばらくして女性の声で応答がある。来訪の趣旨を告げると、ゆっくりと扉があく。中年の女性が出てこられた。おそらく喜正さんの息子のご夫人だろう。名刺を渡したところ、取次いでくれた。

それから間もなくして、喜正さんが現れる。養賢の三歳下だから、八十七歳になる。歩行はおぼつかないが、笑顔で「遠くからよくこられました」と言う。墓参りの趣旨を告げると、「そこですから行きましょう」と言われる。「場所を教えていただければ自分で参ります」というが、「一緒に行きましょう」と、杖をつき、足を引きずりながら、裏の土手の方にゆっくりと歩まれる。紐で簡単に結びつけた金網の柵があり、それをはずして、上がっていくと小さな墓地がある。比較的立派な墓標が二基あり、さらにその少し上に、二連の墓がみえる。そこにいくのに階段は整備されておらず、喜正さんはよろけながら斜面を登っていく。介助しようとすると、「大丈夫です」と固辞される。ようやく母子二人の墓の前に立つ。養賢は正法院鳳林養賢居士、母志満子は慈照院心月妙満大姉という墓標。養賢の墓石は、モルタルで一部補修されている。

志満子さんについては、ともかくしっかりした人だったということを覚えている。こういったこと（金閣放火）があったあとも、志満子さんの実家と林家は今も交流が続いている。墓があるのもそのためなのだろう。なんとなくホッとさせられる話である。

戦後間もなくの頃、養賢が寺の人たちと安岡に泊まりに来たことがある。ありていにいうと、みな田舎で飯を腹一杯食べたかったというのが、やってきた理由だったようだが、蚊帳《かや》の中で楽しい夜を皆で過ごしたことを覚えている。寺の人たちは、みやげにバナナを持ってきたが、黒くなっており、それ以来、バナナというものは黒いものだとずっと思っていたと笑われる。

金閣放火が昭和二十五年だから、その数年前のことである。事件は、喜正さんにとっても、まったく予測もつかないことだった。本当にびっくりした。寺が禅宗なのに金儲けのことばかり考えていることを憤慨していたと聞いたことはあるが、なぜそんな大それたことをしたのか、見当もつかないと言われた。

帰路、再び保津峡を抜けて嵐山に入ると、左手に山塊がみえる。それが果てる所に北山鹿苑寺《ろくおんじ》の境内がある。もしかしたら夕日を浴びた金色《こんじき》の舎利殿が、ちらりとみえるのではと、未練がましく車窓の彼方に目を凝らしたが、やはりそのようなことはない。午後七時をまわり、日もようやく暮れようとしている。昼間の喧騒が去り、幽暗の中、しんとした山懐に金閣は佇《たたず》んでいる。

あとがき

おそらく少年の日のことだろう、金閣がかつて住み込みの青年僧によって放火されたことを聞かされた。以来、この未生以前の犯行は、不吉な輝きを放つものとして私の心の中にとどまり続けてきた。

のちに精神科医となり、三島由紀夫の『金閣寺』を読み返したとき、犯人は未発の分裂病であり、それ以外にはありえぬと直感した。それは主人公の溝口というより、その向こうにいる、まだその名も知らぬ林養賢のことである。

事件のことを調べたのは、随分あとになってからである。養賢がのちに分裂病を発症したことを突き止めた時、私は三島の妖刀のごとき筆の恐ろしさをあらためて感じさせられた。以来、いつかはこの二人の男のことについて書き残さねばと思いつつ、二十年以上の歳月が流れた。その間、裁判記録は保管期限を過ぎ、事件の関係者の多くも鬼籍に入った。遺された資料と三島の魔的な才を手がかりに、養賢への細い糸をたぐり寄せたのが本書である。

かつて、ありふれた青年がメタフィジカルな問いを抱き、その中で狂気を招き寄せる、そうした実存の季節があった。それが最後の光芒を放ったのは、六八年五月のパリだろう。いわゆる五月革命と呼ばれるものである。だが、哲学者の小林康夫がいうように、そこには「意味」なるものはない。カルチエ・ラタンの剝がされた舗石の下から現れた剝き出しの地面のごとく、意味などには掬《すく》いとられぬ権力の中断だったのである。同じ暴力と混乱の坩堝《るつぼ》であったフランス革命が、崇高な理念を戴冠し、物語られ、そして共和制として結実したのに対し、六八年五月にはサルトルですら沈黙した。

分裂病という事態において、人ははからずも、こうした実存の強度に遭遇する。それもただ一人で、語ることも連帯することもできず、満身で受け止めなければならない。ひとたび語り始めたならば、ことばはたちまち他者に盗まれる。この苛烈な磁場を、養賢は耐え抜いた。だが、ついには病に明け渡されてしまったのである。

確かにわれわれの実存、言い換えるなら「ある」ということには意味がない。徹底的に無意味である。このハードな現実の中に、とどまり続けることはできない。しかし、だからといって「生きること」そのものが無意味だということにはならない。断じてそうではない。実存が無意味であるとは、意味などに還元されるものではないということである。生きる意味はそこから湧きいづる。

他方、三島はこうした実存の季節を横目で見やりつつ、そこに自身のナルシシズム的世界には拒まれている何かを翹望《ぎょうぼう》していた。それはニヒリズムとは対極にある、世界の環につながる無意味の核ではなかっただろうか。少なくとも、ある時点までの三島はそうだったと思う。

それゆえにこそ、三島は金閣放火という途方もない出来事の、そしてその渦中を生きた養賢の真実を、畢生《ひっせい》の傑作の中に描き切ることができたのである。しかしそのことは、彼自身には思ってもみなかったことだろう。三島が期せずして養賢に与え返したもの、その長らく埋もれていたハードコアを、本書がいくばくかでも伝えるものであれば幸いである。

今回の出版にあたっては、河出書房新社の西口徹さんにひとかたならぬお世話になった。紙面を借りて御礼申し上げる。三十年前、雑誌「imago」の企画で、安永浩・木村敏・中井久夫の鼎談「治療と理論のあいだで——精神分裂病をめぐる三角測量」を二人で仕掛けたことが、懐かしく思い起こされる。最近知ったことだが、西口さんは舞鶴の出身であるという。いつかともに養賢の墓前に報告に行くことができればと思う。

二〇二〇年二月二六日、令和憂國の日

内海 健

＊本書は書き下ろし作品です。

内海　健

（うつみ・たけし）

1955年、東京都生まれ。精神科医、専攻は精神病理学。1979年、東京大学医学部卒業。東大分院神経科、帝京大学精神神経科学教室を経て、東京藝術大学教授・保健管理センター長。著書に『「分裂病」の消滅』『パンセ・スキゾフレニック』『さまよえる自己』『うつ病の心理』『双極Ⅱ型障害という病』『自閉症スペクトラムの精神病理』など。共著に『「うつ」の舞台』『発達障害の精神病理』（Ⅰ・Ⅱ）などがある。

金閣を焼かなければならぬ

林養賢と三島由紀夫

二〇二〇年 六 月三〇日　初版発行
二〇二一年 四 月三〇日　6刷発行

著　者——内海　健
発行者——小野寺優
発行所——株式会社河出書房新社
〒一五一-〇〇五一
東京都渋谷区千駄ヶ谷二-三二-二
電　話——〇三-三四〇四-一二〇一［営業］
〇三-三四〇四-八六一一［編集］
http://www.kawade.co.jp/

組　版——有限会社マーリンクレイン
印　刷——三松堂株式会社
製　本——三松堂株式会社

ISBN978-4-309-25413-5
Printed in Japan